Gerhard Holzer
Das kann doch jedem mal passieren!
- Erzählungen -

AF280643

Für die Unterstützung zur Gestaltung des Buchblocks danke ich Sigrid und Klaus Boer, sowie Ralph Maxmini und Horst Hofmann recht herzlich.

Mein Dank gilt auch meinem Kameraden Thomas Kammer, der das Cover gestaltet hat.

Gerhard Holzer
Das kann doch jedem mal passieren
Lustige Erlebnisse eines (etwas) zerstreuten Menschen
Books on Demand GmbH

Herstellung: Books on Demand GmbH, Norderstedt
2003, Bad Hindelang/Allgäu
ISBN 3-8330-0411-8

# INHALT

## VIERTES KAPITEL
Treues Dienen

## FÜNFTES KAPITEL
Wintersportfreuden

## SECHSTES KAPITEL
Schlechtes Augenmaß

# Vorwort

Lange habe ich mir überlegt, ob das vorliegende Buch von mir geschrieben werden soll oder nicht.

Es ist kein Werk, das irgend etwas Außenstehendes beleuchten oder beschreiben will, keines, das eine Sache erklärt oder zu erklären versucht, sondern eines, mit dem der Verfasser einkalkuliert, vielleicht Hohn und Spott zu ernten, sich zumindest aber der Lächerlichkeit preiszugeben.

Von frühester Kindheit an war es mir vergönnt, derjenige zu sein, welcher bei Bedarf in das (so oft zitierte) Fettnäpfchen tritt und stocherten wir Kinder aus Langeweile in dem berühmten Wespennest, so war eben ich in aller Regel der, welcher wegen der kurzen Beine und mäßigen Laufeslust den Zorn der Geärgerten zu spüren bekam. Regelmäßige Arztbesuche waren die Folge meiner oft uneinsichtigen Lebensweise, und mag das Sprichwort »Aus Fehlern lernt man« auch auf noch so viele zutreffen, an mir ging es spurlos vorbei.

Nicht nur im Kreis meiner Geschwister ereilte mich mit der Zeit der Ruf, milde ausgedrückt, etwas tolpatschig zu sein und Dinge mehr aus dem Affekt heraus als mit Überlegung zu verrichten. Suchte man für ungeklärte Ereignisse einen Verantwortlichen, so wurde ich nicht selten nur wegen meines Rufes als solcher angeprangert, obwohl in Wirklichkeit ein anderer dafür hätte geradestehen müssen. Mehr oder weniger klaglos nahm ich hin, was nicht zu ändern war mit dem ständigen Bemühen, das Urteil meiner Mitmenschen in Abrede zu stellen.

Mag sein, dass ich über die Jahre hin nicht mehr so naiv und vertrauensselig bin, nicht mehr der, welcher handwerklich mehr Hilfe leistet, wenn er den anderen zuschaut, anstatt selbst Hand anzulegen, doch eines ist mir bis zum heutigen Tage geblieben, meine sprichwörtliche Vergesslichkeit, mein desolates Kurzzeitgedächtnis.

Ich kann mich rühmen, mindestens einhundertundfünfzig Gedichte auswendig und fehlerfrei aufsagen zu können, geschichtliche Ereignisse von Format jederzeit parat zu haben, doch versuche ich, mir aus dem Telefonbuch eine vierstellige Zahlenkombination einzuprägen und gehe zum Telefon, um die Tastatur in entsprechender Folge zu betätigen, so reichen zwei Sekunden aus, um mich nicht mehr zu erinnern.

Damit Sie, der verehrte Leser, sich vorstellen können, mit welchem Handicap mich der liebe Gott in die Welt gesetzt hat, will ich zwei Beispiele dieser geistigen Schwäche offerieren.

An irgend einem Tag im Jahre 1998 kam ich am Morgen zur Arbeit und war beim Ankleiden, als das Telefon läutete. Ich meldete mich mit Namen und vernahm am anderen Ende die Stimme meines Freundes und Kollegen Hans Maahs. Er teilte mir mit, dass ein (mir bekannter) Oberleutnant namens Schrottke am gestrigen Tag sein Auto in der Werkstatt »Fersch« in Hindelang zur Inspektion abgestellt habe und ob ich den besagten Herrn am Abend nach Hindelang - meinem Wohnort - mitnehmen könne, damit dieser sein Auto abhole. Er stünde zum Zwecke des Mitfahrens nach Dienstschluss um 17 Uhr vor meiner Halle.

Natürlich war es für mich selbstverständlich, diese Hilfeleistung zu gewähren und ich versprach, dieser Bitte nachzukommen. Als ich um 9 Uhr im Kreis meiner Mitarbeiter Frühstückspause machte, betrat der morgendliche Anrufer den Pausenraum, fixierte mich scharf und erinnerte mich nachdrücklich an meine Mitnahmebereitschaft.

Obwohl ich für die Erinnerung im innersten dankbar war, wiegelte ich ab und beteuerte ihm, er bräuchte sich keine Gedanken zu machen, und er verließ den Raum.

Als wir uns beim Mittagessen trafen, erschien es mir lästig, als er mir nochmals Ort und Zeit zurief. Dann war Dienstschluss.

Ich begab mich zum Parkplatz, setzte mich in mein Auto und fuhr los. Vor der besagten Halle stand mein Freund Hans Maahs mit dem Oberleutnant Schrottke und winkte mir zu. Ich sah die beiden, erwiderte das Winken und fuhr Richtung Heimat.

Erst kurz vor Erreichen meiner Wohnung fiel mir mein Versprechen ein. Hals über Kopf und unter Missachtung aller Regeln der Straßenverkehrsordnung machte ich mich auf den Rückweg, um mein Versäumnis nachzuholen - doch es war zu spät! Mittlerweile hatten die beiden einen anderen Helfer

8

gefunden und mir blieb nur zu versuchen, diese Peinlichkeit in meiner argen Zerstreutheit zu begründen.

Möge man nun auch meinen, es gäbe hinsichtlich dieser Begebenheit keine Steigerung der Vergesslichkeit, so bin ich imstande, diese These schlagartig zu widerlegen.

Es war gegen 15 Uhr an einem Nachmittag des gleichen Jahres, als das Telefon läutete. Ich hob den Hörer ab und meldete mich. Die Frau meines besten Freundes Thomas Kammer war dran. Ihre Stimme vibrierte förmlich vor Aufregung, als sie mir mitteilte, dass ihr neues Aquarium im Wohnzimmer undicht sei und der Wasserstand eine, für das Überleben der Fische, bedenkliche Höhe erreicht hätte. Da ihr Mann nicht anwesend war, flehte sie mich an, ihn umgehend zu informieren, damit er schleunigst nach Hause komme, um ihr Hilfe zu leisten. Ich versprach ihr, alles in meiner Macht stehende zu tun, legte den Hörer auf und machte mich im Laufschritt auf den Weg, ihren Mann zu benachrichtigen. Als ich die Treppe abwärts lief, läutete erneut das Telefon, was mich zur Umkehr bewog, um das Gespräch entgegen zu nehmen.

Am anderen Ende war ein ehemaliger Lehrgangsteilnehmer, der um die Klärung eines Sachverhaltes bat. Ich blätterte eine Zeitlang in irgendwelchen Unterlagen, um schließlich seinem Bedürfnis gerecht zu werden. Er war sehr dankbar ob meiner Auskunft, beteuerte, wie gut es ihm damals in Sonthofen gefallen hätte und dass er sicherlich einmal wieder käme und ich an den einen oder anderen noch schöne Grüße ausrichten solle und anderes mehr. Dann war das unverhältnismäßig lange Gespräch zu Ende.

Ich legte den Hörer auf und setzte mich auf meinen Stuhl, um irgendwelche Ausbildungsunterlagen zu bearbeiten.

Um 16 Uhr kam Thomas Kammer, also derjenige, welcher sich längst um sein Aquarium hätte kümmern müssen, in unser gemeinsames Dienstzimmer und machte sich - wie ich - auf den Nachhauseweg.

In der Wohnung angekommen, setzte ich mich mit meiner Familie zum Abendbrot an den Tisch. Nachdem die Kinder mit Essen versorgt waren, belegte ich mir eine Schnitte Brot mit köstlicher Salami, um sie genüsslich zum Mund zu führen.

Dabei fiel mein Blick notgedrungen auf unser eigenes Felsenaquarium, das sich direkt in Blickrichtung vor mir befand. Ich bemerkte, dass es an der Zeit ist, etwas Wasser nachzufüllen und mit dieser Feststellung blieb mir fast der Bissen im Hals stecken. Mit einem Mal klang wieder die vibrierende Stimme von Heike Kammer in meinen Ohren und - als wenn es noch irgend etwas bringen würde - sprang ich auf und rannte zum Telefon. Eine Männerstimme meldete sich mit »Kammer!« und mir war klar, dass es ein kurzes Gespräch werden würde. Ich räusperte mich etwas verlegen und sagte, dass ich ihm von seiner Frau mitteilen soll, dass sein Aquarium ausläuft. Er lobte mich, indem er sagte: »Das hast gut gemacht!«, und legte auf.

Dass es mir sehr schwer gefallen ist, am nächsten Tag zur Arbeit zu gehen, sei nur am Rande erwähnt.

Natürlich machte meine »Meisterleistung« wie immer die Runde und bis zum heutigen Tag bleibt mir die eine oder andere Anmerkung meiner Arbeitskollegen diesbezüglich nicht erspart. Nur eines tröstet mich: Mein Freund Thomas kennt mich und deshalb weiß er auch, dass es keine böse Absicht war. Es brauchte etwas Zeit, doch irgendwann vertrugen wir uns wieder.

Dies waren zwei Ereignisse aus jüngerer Vergangenheit, die darlegen sollen, in welch peinliche Situationen mich meine Vergesslichkeit - oder soll ich Duseligkeit sagen - des öfteren hinein manövriert hat. Sie knüpfen an jene der Vorzeit nahtlos an.

Da dieses Werk im gängigen Buchformat erscheinen soll, will ich nur die wirklichen »Highlights« preisgeben und die restlichen Begebenheiten stillschweigend für mich behalten.

Diese sind im Gedächtnis meines lieben Bruders Josef manifestiert und sollen auch in Zukunft zum Gelingen von so manchen geselligen Abenden beitragen.


Der Verfasser

# ERSTES KAPITEL

## Aus meiner frühesten Kindheit

## Zeigt her eure Füße

Als Schüler der fünften Klasse der Hauptschule begab ich mich, wie üblich, zusammen mit einigen Kameraden auf den Heimweg. Sie mussten, im Gegensatz zu mir, noch ihre Hausaufgaben machen und so ging ich irgendwann alleine meinen Weg.

Zu dieser Zeit - Anfang bis Mitte der Sechziger Jahre - war Fußballspielen meine große Leidenschaft und diesbezüglich verband mich mit einem gewissen Georg Boden eine tiefe Freundschaft. Wir spielten zusammen in der Jugendmannschaft bei der DJK Sulzbach, einem Verein, dessen erste und zweite Mannschaft einen ständigen Kampf gegen den Abstieg führte. Irgendwann verlor man denselben, hatte damit aber die Gewissheit, dass es nicht mehr tiefer gehen konnte.

Wir von der Jugend nahmen diese Schicksalsschläge nur am Rande wahr, uns interessierte kein Auf- und Abstieg, wir wollten Fußball spielen und durch Tore schießen unser Taschengeld aufbessern.

Wie an fast allen anderen Tagen auch, hatte ich mich mit Georg für den Nachmittag zum »Kicken« verabredet. Wir trafen uns abwechselnd bei ihm oder bei mir, vergaßen all unsere Pflichten und Aufträge und machten uns, mit Ball bewaffnet, auf den Weg.

Hinter unserem Haus in der Hauptstraße, in welchem wir zur Miete wohnten, war ein riesiges unbebautes Areal, in dem wir Kinder all das fanden, was unsere Herzen begehrten. Obst in übergroßer Fülle, knorrige Kletterbäume mit weit vergabelten Ästen, Teiche mit allem was so darin wohnt und eben eine große Wiese zum Fußball spielen.

Dort begannen wir mit unserer freien Trainingsphase, unterbrachen nur hin und wieder, um uns am köstlichen Obst zu laben, oder im selbst gebauten Komfortbaumhaus eine Rast einzulegen. Dann spielten wir weiter, bis uns irgendwann bewusst wurde, wie spät es schon sein musste. Eine eigene Uhr hatten wir nicht und so war es die spürbar werdende Müdigkeit, welche uns den Heimweg antreten ließ.

Meine Hoffnung war immer, dass mein Vater bereits zu Bett gegangen war, um seinen Wutausbrüchen, einhergehend mit schlimmsten Beschimpfungen und Drohungen, zu entgehen. An diesem Tag hatte ich Glück. Meine Mutter schimpfte zwar auch, aber sie tat es halt wie eine Mutter. Sie ermahnte mich, sofort ins Bett zu gehen und darauf zu achten, dass Vater nichts hört. Im Interesse meiner körperlichen Unversehrtheit verzichtete ich auf all die unliebsamen Tätigkeiten wie Zähne putzen oder Waschen, zog meinen Schlafanzug an und setzte mich auf das Sofa, um mich meiner Strümpfe zu entledigen. Dabei stellte ich erschrocken fest, dass mein gelegentliches Barfußlaufen furchtbare Spuren hinterlassen hatte. In Rücksichtnahme auf die Bettwäsche entschloss ich mich, meine Füße nicht zu entkleiden und begab mich leisen Schrittes in mein Schlafgemach.

Nachdem mein Vater am folgenden Morgen das Haus verlassen hatte, stand ich auf, gelobte meiner Mutter Besserung und begab mich frisch eingekleidet (mit Ausnahme meiner Strümpfe) zur Schule.

Wie gewohnt, betrat unser Klassenlehrer, Herr Meiser, das Klassenzimmer, begrüßte uns in seiner liebenswerten Art und ließ von einem Mitschüler, welcher an diesem Tag Klassendienst hatte, das Morgengebet sprechen. Nachdem wir anderen mit unserem gemeinsamen »Amen« den Vortrag beendet hatten, ergriff Herr Meiser das Wort und teilte uns mit, dass gleich eine Dame vom Gesundheitsamt käme, um eine vorgeschriebene medizinische Untersuchung und Befragung durchzuführen. Er ermahnte uns, alle Fragen zu beantworten und den Weisungen der Frau Doktor Folge zu leisten.

Ich nahm diese Ankündigung zunächst mit großer Freude auf, wusste ich doch, dass damit zumindest die erste Stunde Mathematik ausfallen würde.

Kurz nachdem unser Lehrer sein Anliegen geäußert hatte, klopfte es an die Tür und eine attraktive junge Dame betrat freundlich lächelnd den Raum. Herr Meiser stellte uns die Person vor, um seinerseits neben der Eingangstür Platz zu nehmen und das Geschehen zu begutachten.

Nun ergriff die Dame das Wort und erklärte, dass sie in dieser Woche die Klassen der Hauptschule in Sulzbach besuche, um eventuell bei Schülern vorliegende Fußschäden zu inspizieren und deren Behandlung einzuleiten. Es folgten einige Fachausdrücke, welche die Art der möglichen Schädigung beschrieb und dann der Hinweis, dass jeder Schüler mit entkleideten Füßen nach vorn zu ihr kommen solle und eine vorgegebene Strecke im Zimmer abzuschreiten hätte. Dabei, so sagte sie, wolle sie nach dem Alphabet vorgehen.

Der erste Schüler wurde aufgerufen. Er zog seine Schuhe, dann die Strümpfe aus und begab sich, wie aufgefordert, nach vorn. Es folgte eine Begutachtung der Füße durch die besagte Person. Danach schritt der Schüler langsamen Trittes und unter genauer Beobachtung die Wegstrecke ab. Der nächste bekam den Hinweis, sich fertig zu machen, worauf auch dieser Schuhe und Strümpfe auszog, sich bei dem Kontrollorgan meldete und die gleiche Prozedur erledigte .

Wir restlichen Kinder amüsierten uns über das Geschehen und fanden die Mathematikstunde selten so spannend und ab-wechslungsreich wie heute.

So ging es weiter, bis irgendwann die Schüler mit »H« an der Reihe waren. Mein Freund Haupenthal Werner machte sich fertig und der nächste sollte ich sein. Also fing ich an, die Schnürsenkel zu entknoten, um meine Schuhe auszuziehen. Dann begann ich von einem der Füße den Strumpf abzustreifen, hielt aber kurz darauf schlagartig inne. All meine Sünden des vergangenen Tages fielen mir ein. Der hinsichtlich der Ab-lagerungen katastrophale Zustand des halben Fußes (Mehr hatte ich noch nicht gesehen.), ließ den Wunsch nach Mathematik in mir aufkeimen. Erschrocken zog ich den Strumpf wieder hoch. Die Augen weit aufgerissen, den wohl hochroten Kopf nach vorne gerichtet, erhoffte ich Inspiration. Das gesamte Blut meines Körpers, so schien es mir, stieg vulkanartig in mein Hirn. Doch auch diese Menge war zu gering, der Situation in irgendeiner Weise Herr zu werden.

Hätte ich doch nur vorher an meine total verdreckten Füße gedacht! Ich hätte mich zur Toilette abgemeldet oder mir wäre irgend etwas anderes eingefallen, doch jetzt war zu spät! Ich hoffte auf ein wichtiges Telefonat für die Frau Doktor, zog in Erwägung, einfach bewusstlos zu werden oder einen Brechreiz vorzutäuschen, doch schließlich beugte ich mich meinem Schicksal, denn es kam die eindringliche Aufforderung des Lehrers, mich nach vorne zu begeben.

Teilnahmslos zog ich die Strümpfe aus, stand auf und machte mich auf den schwersten Weg meines bisherigen Lebens.

Die Mitschüler machten sich gegenseitig belustigend auf den äußeren Zustand meiner »Treter« aufmerksam. Das, was anfing eintönig und langweilig zu werden, wurde in Form meiner Person wieder ungemein spannend und aufregend. Unruhe kam auf, beschämt senkte sich mein Blick auf den Boden mit dem ständigen Versuch, nicht dorthin zu schauen, wo der Stein des Anstoßes war.

Dann vernahm ich, im Innersten ohnehin schon schwer gedemütigt, den Satz meines Lehrers, der mir für lange Zeit allgegenwärtig war: »Gerd, zieh mal Deine Schuhe aus!« Tumultartiges Gelächter folgte demselben, doch was dann kam, sorgte dafür, dass ich bis zu meinem Schulzeitende nie wieder vergaß, meine Körperpflege zu vernachlässigen. Eine etwa 20 Liter fassende Wanne wurde mit Wasser gefüllt, vor mir auf den Boden gestellt, und nun hatte ich den Auftrag, vor versammelter Mannschaft die Reinigung meiner Füße durchzuführen.

Tief beschämt und innerlich zerrüttet ordnete ich mich der Zeremonie unter, wissend, welcher Schmach ich in den nächsten Wochen ausgeliefert bin.

# Die unverschlossene Tür

Wie oft ermahne ich heute meine Kinder zu mehr Sorgfalt und Ordnung. Ständig erinnere ich sie daran, die Türen ihrer Zimmer zu schließen und immer wieder male ich Zeremonien von umherstreunenden Einbrechern an die Wand, die nur darauf warten, unverschlossene Zimmer zu ordern. Der Erfolg bleibt aus! Komme ich von der Arbeit oder dem Einkaufen nach Hause, stehen ständig alle Türen sperrangelweit offen. Auf diese Weise gingen aufgrund durchziehender Luftströmungen schon so viele Glaseinfassungen kaputt, dass mir meine Hausratversicherung wiederholt mitteilte, beim nächsten Schaden keine Regulierung mehr vorzunehmen.

So bleibt es bei meinen Ermahnungen und der Hoffnung, irgendwann die Früchte meiner Saat zu erkennen.

Wie bei anderen Tugenden meiner Kinder auch, stelle ich mir in ruhigen Minuten hin und wieder die Frage, ob ich in jenem Alter anders oder ebenso gewesen bin wie meine Zöglinge. Und ich muss mir eingestehen, dass sie den direkten Vergleich mit mir nicht zu scheuen brauchen.

Ich erinnere mich noch gut, dass meine Mutter mich ständig belehrte, beim Verlassen der Wohnung die Tür zu schließen und ihr mitzuteilen, wo sich der Schlüssel befindet. Sie war oft in der Waschküche, als ich das Haus verließ und mich nie darum kümmerte, dass die Tür zwar abgeschlossen, aber der Schlüssel im Schloss steckte. Auch wenn sie völlig außer Haus bei Verwandten oder beim Einkaufen war, entweder verhielt es sich so wie oben beschrieben, oder der Schlüssel lag - gut sichtbar - auf dem Briefkasten gleich neben der Tür.

Immer und immer wieder musste ich mir anhören, was durch meine Schusseligkeit alles passieren kann. Immer wieder gelobte ich Besserung und immer blieb es bei meinem Vorsatz - bis zu einem denkwürdigen Tag.

Zwei meiner Kameraden, Georg Boden und Alfons Schößer, waren bei mir zu Hause. Wir hörten Musik und wollten alsbald gemeinsam zum Spielen nach draußen. Nachdem die Gestaltung des Nachmittags abgesprochen war, verließen wir die Wohnung.

Ich schloss die Wohnungstür zu und ließ den Schlüssel wie gewohnt stecken.

Wir befanden uns noch im Flur, als eine innere Stimme mir zuflüsterte: »Zieh den Schlüssel ab und verstecke ihn.« Also gebot ich meinen Freunden inne zu halten und ging mit ihnen zurück zur Tür. Ich schloss sie auf, und wir betraten erneut die Wohnung. Ich suchte und fand ein großes Blatt Papier und schrieb darauf mit Filzstift und überdimensional großen Buchstaben eine Mitteilung an meine Mutter. Meine Kameraden unterstützten mich nach besten Kräften. Wir verließen den Raum, ich schloss die Tür zu und versteckte den Schlüssel an einem »sicheren Ort«. Dann befestigten wir gemeinsam mit Klebeband das Papier auf der Tür.

In großen Lettern stand darauf: »Der Schlüssel liegt unter der Matte!« Mächtig stolz auf mich, und in Erwartung des späteren Lobes durch meine Mutter, begab ich mich mit meinen Freunden nach draußen.

# Der Eilbrief

Unser Nachbar, welcher seine Wohnung direkt neben uns bezogen hatte, hieß »Scherf«. Er hatte in früheren Jahren einen Unfall, dessen Folge war, dass ihm ein Bein amputiert werden musste. Er war klein und untersetzt und trotz seiner Behinderung nicht missmutig oder böse. Wir Kinder, meine Geschwister und ich, pflegten ein gutes Verhältnis zu ihm und auch seiner Frau, die, ob ihrer Fülle, ein »sitzendes Dasein« vorzog.

Der eigentliche Grund für mich, sie beide recht gern zu haben, war in Wahrheit jedoch ein anderer. Sie hatten einen Fernseher und wir nicht!

Da sowohl Frau als auch Herr Scherf nicht mehr so beweglich waren, vertrauten sie in aller Regel auf die Hilfsbereitschaft von uns Kindern und diesbezüglich spielte ich die »Erste Geige«. Gern bot ich mich an, aus ihrem Keller Kohlen, Äpfel, Birnen oder Selbsteingemachtes zu holen. War irgend eine andere Tätigkeit zu erfüllen, tat ich es mit Freude, wusste ich doch die schöne Zeit vor ihrem Fernseher zu schätzen.

An einem Tag im Frühjahr – ich wollte gerade zu einem Kameraden gehen – kam mir Herr Scherf völlig aufgelöst im Flur humpelnd entgegen. Seine Hände umfassten die Griffe der Krücken und zwei Finger seiner rechten Hand fixierten gefühlvoll ein weißes Kuvert. Er blieb vor mir stehen, stützte sich gequält auf seine Gehhilfe und äußerte schwer atmend seine Freude, mich noch anzutreffen. Er teilte mir mit, dass er eine große Bitte hätte und ob ich so freundlich wäre, einen Brief unverzüglich in den Briefkasten zu werfen. Es sei sehr dringend und er müsste sich darauf verlassen. Ich gelobte, seinen Auftrag sofort auszuführen und nahm den Brief an mich. Er reichte mir eine seiner Krücken, lehnte sich mit der Schulter an die Wand, griff in seine Gesäßtasche und zog seinen Geldbeutel hervor. Er öffnete ihn, rührte mit einem Finger im Kleingeld und gab mir fünf Groschen. »Dafür holst du noch eine Briefmarke.«, sagte er, klopfte mir anerkennend und sichtlich entspannt auf die Schulter und begab sich zurück in seine Wohnung.

Mir war bezüglich seines aufgeregten Verhaltens klar, dass der Auftrag keinen Aufschub zuließ. Also machte ich mich unverzüglich auf den Weg zum nächsten Briefkasten, welcher etwa fünf- bis sechshundert Meter von unserem Haus entfernt an einem unscheinbaren Gebäude hing.

Ich legte diese Strecke in zügigem Laufschritt zurück und warf den Brief völlig außer Atem ein. Dann begab ich mich, noch immer schwer atmend, ein paar Meter weiter zum Briefmarken-automaten, warf die Münzen ein, drückte die entsprechende Taste und wartete auf den Auswurf der Marke. Ich verstaute sie sicherheitshalber in meiner Brusttasche und machte mich auf den Heimweg.

Zu Hause angekommen klingelte ich, mit mir und der Welt im Einklang, bei Herrn Scherf, um ihm die frohe Kunde der erfolgreichen Briefzustellung mitzuteilen.

Er freute sich sehr, lobte meine große Hilfsbereitschaft und beneidete meinen Vater ob solch netter Söhne. Dann griff ich in meine Brusttasche und übergab ihm die Briefmarke.

Ich kann mich heute nicht mehr daran erinnern, was er im Einzelnen sagte, ich weiß nur, dass sich seine Gesichtszüge gravierend änderten und er nicht glauben wollte, was Gewissheit war.

Keiner Schuld bewusst, machte ich mich aus dem Staub und erinnerte mich tröstend an die Worte, welche mein Vater so oft zu mir sagte: »Die Zeit heilt alle Wunden!«

# Tante Emmas Laden

Wenn ich von unserem Haus in der Hauptstraße zum Einkaufen ging, war ein typischer »Tante Emma Laden« das erste Geschäft, welches auf meinem Weg lag.

Die Inhaberin war eine gewisse Frau Scheid, eine ältere Dame mit enormen Rundungen im Hüftbereich, immer freundlich und stets zu Späßen aufgelegt.

Oft gingen wir Kinder nach Schulschluss in ihr Geschäft, standen zwischen willkürlich abgestellten Kisten, tranken eine Cola und rauchten hin und wieder eine Zigarette. All das, was unsere Eltern als Todsünde deklarierten, nahm sie gelassen hin.

Schwerfällig wippte sie hinter ihrer Theke von einer Kiste zur nächsten, um den Kunden das zu reichen, was sie begehrten. Hätte man an ihrer Stelle jemand anderem diese Aufgabe übertragen, niemand wäre in der Lage gewesen, irgend einen Artikel auf Anhieb zu finden. Die Präsentation der Ware war eine einzige Katastrophe! Auch nicht im kleinsten Ansatz war ein System zu erahnen. Sah man in einem Regal »links« Marmelade, so bedeutete das nicht, das »rechts« nicht auch welche war. Wo man was fand, basierte für den Außenstehenden auf dem Prinzip »Zufall«, doch Frau Scheid benötigte selten mehr als einen Griff, um den verlangten Artikel zu finden. Dabei sprach sie mit dunkler Stimme langsam, leise und etwas schwer verständlich, hatte sie doch eine recht große Warze auf ihrer Zunge. Beim Hinschauen tat es mir selbst immer etwas weh, doch sie hatte sich wohl daran gewöhnt und nahm sie gar nicht mehr wahr.

Wie gesagt, führte sie in ihrem Geschäft (fast) alles. Ob Büromaterial, Porzellan, Backwaren, Tapetenkleister oder Bilderrahmen, nichts konnte die alte Dame mehr erschüttern, als dass ein Kunde etwas verlangte und sie es nicht hatte.

Vor allem war ihr Angebot an Obst kaum zu übertreffen. Kistenweise stapelten sich täglich die süßesten Früchte bis zur Decke und so mancher Obsthändler im Ort wäre glücklich gewesen, ein solches Sortiment anbieten zu können. Vor allem tat sie es zu sehr attraktiven Preisen.

An einem nasskalten Tag im Herbst war ich am frühen Nachmittag auf dem Weg nach Haus und kehrte, um eine Cola zu trinken und vor allem, um mich aufzuwärmen, in ihr Geschäft ein. Sie begrüßte mich in ihrer unnachahmlich netten Art, erzählte mir allerlei, fragte, wie es denn in der Schule so ginge, um urplötzlich inne zu halten, um mich – wie sie sagte – um einen großen Gefallen zu bitten. Sie bräuchte dringend eine Birne und wenn ich ihr eine holen würde, wäre meine Cola umsonst. Natürlich war ich gerne bereit, ihrem Wunsch zu entsprechen, doch wunderte ich mich schon, denn gleich neben mir standen kistenweise Birnen in allen Variationen. Sieh an, dachte ich mir, was für eine tüchtige Geschäftsfrau, sie kauft bei der Konkurrenz ein, um die Qualitäten zu vergleichen, das hätte ich ihr nicht zugetraut. Ich wollte ihr aus Rücksichtnahme nicht mitteilen, dass ich ihr Tun durchschaut habe, also nahm ich das Geld, begab mich auf den Weg zum Obstgeschäft »Braun« und kaufte ihr, um sie nicht zu kränken, eine wenig schöne und kleine Birne, die ich dem Obstverkäufer mit Fingerzeig deutete. Er steckte sie in eine Tüte, gab sie mir und ich machte mich auf den Weg zu Frau Scheid. Zunächst wunderte sie sich wegen der ungewöhnlichen Verpackung, dann öffnete sie die Tüte, nahm die Birne langsam und mit zunehmend mehr und mehr geöffnetem Mund heraus und war, obwohl im Allgemeinen sehr wortgewandt, für kurze Zeit nicht in der Lage, etwas zu sagen.
Als sie aus ihrem »Trauma« erwachte, erklärte sie mir fürsorglich, dass sie eine Glühbirne gemeint habe. Meine Birne legte sie zu den hunderten anderer dazu und ich unternahm, tief beschämt, einen zweiten Versuch.

# ZWEITES KAPITEL

## Aus meiner Jugendzeit

### »Vorfälle in der Backstube«

# Der fatale Irrtum

Im Jahre 1966 begann ich eine Lehre in der Bäckerei Puhl in meinem Heimatort Sulzbach. Schon als Schuljunge verdiente ich mir in den Ferien als ungelernte Arbeitskraft ein paar Mark Taschengeld in der Bäckerei Woll – im gleichen Ort gelegen – dazu. Der Beruf des Bäckers faszinierte mich zwar nicht, doch wegen meiner jahrelang andauernden Aushilfe hatte ich sehr viele Grundkenntnisse erworben und ging davon aus, mich in einer diesbezüglichen Lehre leichter zu tun, als in einem mir unbekannten Bereich. Also entschloss ich mich, in Absprache mit meinen Eltern, diesen Beruf zu erlernen.

Mein erster Arbeitgeber, der Eigentümer der Bäckerei Puhl, war von meinem Kenntnisstand sehr angetan und wir hatten eigentlich ein herzliches Verhältnis zueinander, bis auf eine Ausnahme. Diese war weiblicher Natur, zwei Jahre älter als ich und ungemein eingebildet. Sie hieß Resi und das Schlimme war, sie war die Tochter vom Chef. Sie mochte mich genauso wenig wie ich sie, doch sie saß aufgrund ihrer familiären Bindung »am längeren Hebel«, wie man so sagt.

Eineinhalb Jahre waren wir ständig bestrebt, uns gegenseitig das Leben schwer zu machen, wobei meinerseits wegen des besagten Verwandtschaftsverhältnisses, eine gewisse Zurückhaltung geboten war. Doch dann kam der Tag, an dem der »längere Hebel«, an dem sie saß, noch viel länger werden sollte. Und das kam so:

In der Backstube befand sich eine kleine Nische, in der hauptsächlich die von mir so sehr geliebten Kaffeestückchen hergestellt wurden. Besonders köstlich empfand ich ein Teilchen aus Blätterteig mit einer mittig liegenden Puddingfüllung. War die Produktion derselben angesagt, war es mit meiner Beherrschung vorbei. In handwarmem Zustand verschwanden unbemerkt viele dieser Köstlichkeiten in meinem Schlund, wovon mich auch die nachfolgend anhaltenden Bauchschmerzen nicht abhalten konnten.

An einem Samstagvormittag bekam ich von meinem Chef wegen starker Nachfrage den Auftrag, eine gewisse Menge dieser Teilchen zusätzlich zu fabrizieren. Mir war dieser Auftrag keinesfalls unangenehm, wusste ich doch den Genuss derselben zu schätzen. Also machte ich mich an die Arbeit.

Nachdem die meisten Zutaten abgewogen und der Mischeinrichtung zugeführt waren, fehlte als Letztes noch der wichtigste Bestandteil – nämlich Zucker. Nun war in dieser erwähnten Backnische ein Fenster und außerhalb davon standen zwei große Säcke, einer mit Zucker, der andere mit Salz. Ich öffnete das Fenster, nahm in gewohnter Routine eine Schaufel Zucker, wie ich meinte, wog ihn ab und gab ihn der bereits rotierenden Knetmaschine zu.

Nachdem der Mischprozess beendet war, formte ich den Teig in die gewünschte Kontur, füllte besonders die für mich gedachten Teilchen mit reichlich Pudding, legte dieselben auf das Backblech und schob sie in den Backofen.

Die Arbeit war getan und mir blieb nur, den Arbeitsbereich zu säubern und die vorgegebene Backzeit abzuwarten.

Plötzlich und unvermittelt stürmte die besagte Resi in die Backstube und fragte mich provozierend und mit überlautem Ton, wie lange die Kundschaft denn noch auf die Stückchen warten solle. Ich versuchte ruhig zu bleiben und gab ihr - in der Wortwahl nicht penibel - zu verstehen, dass ich den Prozeß der Bräunung nicht beeinflussen kann. Schnaufend und schimpfend verließ sie den Raum.

Mittlerweile versüßte ein herrlich anmutender Geruch das nahende Ende meines Arbeitstages, nur noch wenige Minuten und das Werk war vollendet. Dann war es so weit! Ich öffnete die große, gusseiserne Klappe des Ofens, entnahm mit dem »Schießer« die einzelnen Bleche und legte die für mich bestimmten Teilchen an einen sicheren Ort. Ich betätigte die zur Benachrichtigung installierte Klingel und meine allerliebste Resi erschien. Zornig, ohne ein Wort zu sagen und mich keines Blickes würdigend, hechtete sie herein, riss die unschuldigen Kaffeestückchen vom Blech und legte sie unsanft und ohne Anstand in ihren mitgebrachten Korb. Mit einem Blick, der mich verächtlich tangierte und einem undefinierbaren Piepton stampfte sie von dannen.

Sie war verschwunden und nun sollte mich der Biss in eines meiner handwarmen Edelteilchen für Bosheit und empfundene Schmach entschädigen. Gierig griff ich zu, füllte den Mund randvoll und zermalmte das Abgebissene mit gebotenem Respekt mit meinen Zähnen. Sogleich speite ich es in hohem Bogen nur mit dem Ziel, auch den letzten Krümel loszuwerden dorthin, wo ich gerade so penibel geputzt hatte. Meine Kelle hatte sich wohl aus dem falschen Sack – nämlich dem mit dem Salz bedient.

Während der üble Geschmack allmählich wich, kam mir in den Sinn, wie viele Leidensgenossen zu dieser Zeit ähnliches erleben mussten. Äußerst besorgt machte ich mich in der Hoffnung, den anderweitigen Genuss noch verhindern zu können, auf den Weg in den Verkaufsraum

Durch einen kleinen Spalt konnte ich den Korb, in welchen die Teilchen gelegt – oder besser geschmissen – wurden, erkennen. Ich reckte meinen Hals und sah, dass fast alle dabei waren Unheil anzurichten, denn nur der Boden der Behälters war noch mit wenigen bedeckt.

Mein Weg führte mich zurück in die Backstube, wissend, dass es nur eine Frage der Zeit sei, bis ich in irgend einer Form den Zorn von irgend einer vorgesetzten Person erfahren sollte.

Die giftige Tochter betrat als erstes mein Domizil, dahinter folgte in gebührendem Abstand ihre bedauernswerte Mutter und – wie es sich gehört – am Schluss der etwas dickleibige und behäbige Chef. Nun gab die Tochter ihren Eltern eine Lektion, wie man mit solchen »Taugenichts« wie mir umgeht.

Sie bewegte sich mit einer angsteinflößenden Grimasse bis auf Armeslänge auf mich zu, schrie mich an: »Das hast Du doch nur getan, um mich zu ärgern!«, und versetzte mir eine Ohrfeige mit solcher Wucht, dass auch der letzte Rest des Salzgeschmacks aus meinem Mund wich. Die Mutter fügte noch einige Worte bezüglich der entrüsteten Kundschaft an, der Vater nickte zustimmend und dann ließen sie mich in meinem Schmerz allein.

Angesichts dieser Tragödie verzichtete ich auf die sonst übliche Verabschiedung und begab mich, von diesem Tag schwer gezeichnet, nach Hause. Natürlich blieb meinen Eltern nicht verborgen, dass etwas vorgefallen sein musste und so erzählte ich ihnen das Geschehene.

Das führte dazu, dass ich am Montag der kommenden Woche meine Lehre in einem anderen Betrieb im Nachbarort fortsetzte. Es war die Bäckerei Scholl in Hühnerfeld.

# Die verrutschte Torte

Der Eigentümer der Bäckerei Scholl war meinem Vater gut bekannt. Der Chef war Mitte fünfzig und körperlich ein unbeschreibliches Wrack. Er übte den Beruf des Bäckers nicht mehr aus – oder richtiger, er konnte ihn nicht mehr ausüben – und so beschränkte sich sein Dasein darauf, seine beiden Filialen des Hauptbetriebs zu beliefern.

In seiner Backstube arbeitete ein, von seinem Wesen her, extrem unsympathischer Meister, welcher stets bestrebt war zu verhindern, dass seine Gesichtszüge den Anklang eines Lächelns hervorbrachten.

Das ganze Arbeitsklima wurde von seiner stets schlechten Laune geprägt und kam er hin und wieder zu spät zur Arbeit, weil er verschlafen hatte, war es für ihn unerträglich zu erfahren, dass die Herstellung der Backwaren auch ohne ihn reibungslos verlief. Er war äußerst geltungsbedürftig, missmutig und schlicht und einfach unbeschreiblich dumm.

Neben »seiner« Backstube befand sich noch eine weitere, in welcher ein Konditormeister die edleren Backwaren herstellte. Er war ein recht umgänglicher Mensch und mochte Kurt Bock, den Meister nebenan, ebenso wenig wie ich und gerade das machte ihn mir so sympathisch. Immer, wenn es irgend wie möglich war, verrichtete ich meine Arbeit bei ihm und konnte so auch meine vorhandenen Kenntnisse im Konditorhandwerk mehr und mehr erweitern.

Da es für meinen neuen Chef kein Arbeitschutzgesetz gab, musste ich bereits um 4 Uhr in der Früh meinen Dienst antreten. Mein Zuhause war etwa vier Kilometer von der Arbeitsstelle entfernt und da diese Wegstrecke von mir »per pedes« zurückgelegt werden musste, war es bereits um Viertel vor 3 Uhr mit meiner Nachtruhe vorbei. Ein eiliges Frühstück und dann begab ich mich zur Arbeit.

Dort angekommen, klingelte ich an der Haustüre und kurz darauf war ein qualvolles Husten zu vernehmen. Die Treppe ächzte und knirschte unter dem Gewicht meines Arbeitgebers, der hin und wieder stehen blieb, weil ein besonders schwerer

Hustenanfall ihm die Luft zum Atmen nahm. Dann öffnete er die Tür, drückte mir wortlos, aber mit kräftigem Husten untermalt, fünf einzelne Markstücke in die Hand, mit welchen ich ihm am nächstgelegenen Automaten fünf Packungen Zigaretten besorgte. Es waren Schachteln mit je zwölf Zigaretten, eine Packung kostete eine Mark.

Dieser überreichliche Zigarettenkonsum war auch die Ursache seiner Husterei, doch er war dieser Sucht völlig verfallen und selbst während des Essens nicht in der Lage, auf seinen »Glimmstengel« zu verzichten. Dabei zog er jeden Zug so kräftig in seine Lunge als glaubte er, was nicht einmal so abwegig war, es könnte sein letzter sein.

Zum Ende meines dritten Lehrjahres öffnete mir tränenüberflutet seine Frau am Morgen die Tür und ohne, dass sie etwas sagte, wusste ich Bescheid: Er war in der Nacht gestorben. Nachdem ich kurze Zeit später meinen Führerschein hatte, bat man mich hin und wieder, die Filialen zu beliefern.

An einem Samstagvormittag, ich war als einziger noch anwesend und dabei, die Arbeitsräume zu reinigen, stürmte die Chefin zu mir in die Backstube und sagte mir ganz aufgelöst, dass sie zwar wisse, dass ich die ganze Nacht gearbeitet habe und sicherlich hundemüde sei, aber sie hätte eine große Bitte. Ein guter Kunde habe bei einer Angestellten eine Schwarzwälder Kirschtorte bestellt, aber es sei versäumt worden, diese Bestellung aufzuschreiben. Nun wäre er da und möchte seine Torte abholen und ob ich so nett wäre, diese noch schnell zu machen, um sie dann dem Herrn zu liefern.

Ich wollte das gute Verhältnis zur Chefin nicht aufs Spiel setzen, nickte wortlos und begab mich in den entsprechenden Arbeitsraum.

Hin und wieder hatte ich dem Meister bei der Herstellung seiner besonderen Spezialitäten unterstützt, doch eine »Schwarzwälder« von Grund auf alleine zu fabrizieren, hatte man mir noch nicht zugetraut. Mit diesem Auftrag wich die Müdigkeit aus meinen Gliedern und mit einer, bis ins Detail definierten Zielsetzung, machte ich mich an mein Werk.

Nach viel Arbeit und Müh war es bereitet und eigentlich recht ansehnlich. Auf dem Arbeitstisch lag ein Zettel und auf demselben standen Name und Adresse des Kunden. Ich besorgte mir den Schlüssel vom Firmenwagen, ging zurück in die Backstube, schob meine rechte Hand unter den Pappteller der Torte, stemmte sie auf Schulterhöhe und nahm von der Garderobe auf dem Flur mit der freien linken Hand einen Regenschirm vom Haken. Zwar war es noch trocken, doch dunkle Wolken zogen auf und ich wollte bei der Anlieferung bezüglich meines Werkes nichts riskieren.

Ich begab mich auf den Hof, dort stand der groß gewachsene Kombi der Marke Opel. Nun forderte die Müdigkeit ihren Tribut. Da beide Hände belegt waren, schob ich äußerst vorsichtig die Torte mit dem darunter liegenden Pappteller auf das Dach des Wagens. Dann folgte mit der nun freien rechten Hand das Öffnen der rückwärtigen Klappe. Ich legte den in der linken Hand befindlichen Regenschirm in das hintere Abteil des Autos und zog mit der rechten die Tür nach unten, um sie zu verschließen. Ich öffnete die Fahrertür, schaute zum Himmel und stellte fest, dass die Wolkenformation bedrohliche Ausmaße angenommen hat. Langsam bewegte ich das Fahrzeug im Rückwärtsgang auf die Hauptstraße, um es in der gewünschten Richtung zu positionieren.

Nachdem eine Wegstrecke von zwei- bis dreihundert Meter zurückgelegt war, schien es mir, als wäre irgend etwas nicht so, wie es sein sollte. Ich ließ die einzelnen Schritte des Beladevorganges Revue passieren und schaute instinktiv nach hinten in den Laderaum. Dort lag der hübsch gemusterte Schirm und eine große Menge altbackener Krümel. Obwohl ich mir eigentlich sicher war, die Torte nach draußen getragen zu haben – sie war nicht da!

Blitzartig hob sich mein Fuß vom Gaspedal, um dann mit voller Kraft die Bremse zu aktivieren. Mein Körper wurde kräftig nach vorn geschoben und ob der nicht erwarteten Bremswirkung starrte ich durch die Windschutzscheibe. Zugleich wurde mir der Blick durch meine, in beachtlichem Tempo über die Scheibe hinab rutschenden Torte, betrübt, bis sie schließlich am Arm des Scheibenwischers verharrte. Da ich durch die mit Sahne bedeckte Scheibe völlig orientierungslos war, betätigte ich reflexartig den Schalter des Wischers, was meiner Torte den Rest gab.

Ich stoppte mein Fahrzeug am Straßenrand, hielt nach allen Seiten Ausschau und stellte beruhigt fest, dass die Straße menschenleer war. Äußerst nervös und die Umgebung fest im Visier, entfernte ich unsanft den klebrigen Rest der einst so schönen Torte, begab mich auf den Weg zurück zur Arbeit und fertigte still und heimlich ein zweites Exemplar.

Dies habe ich dann ohne größere Zwischenfälle an gewünschter Stelle abgegeben.

# DRITTES KAPITEL

## Endlich erwachsen

## Mein erstes Auto

Kaum dass ich achtzehn Jahre alt geworden war, meldete ich mich in einer ortsansässigen Fahrschule zum Erwerb des Führerscheins an. Nach kurzer Zeit händigte man mir das begehrte Papier aus und eine Weile später machte ich mich auf die Suche nach einem geeigneten Vehikel. Geeignet hieß für mich fahrbereit und billig! Auf Umwegen erfuhr ich von einem Auto, welches bei einem Fahrzeughändler in Saarbrücken, circa zehn Kilometer von meinem Zuhause entfernt, auf dem Hof stand.

Am Wochenende fuhr ein Freund mit mir zum besagten Händler und wir begutachteten mein vermeintlich erstes Gefährt. Es handelte sich um einen VW-Käfer, zur damaligen Zeit fast immer das erste Auto eines Führerschein–Neulings. Sein äußerer Zustand war tadellos, der TÜV–Stempel von aktuellem Datum und auch in technischer Hinsicht machte es auf meinen diesbezüglich geschulten Freund einen ordentlichen Eindruck. Der günstige Preis von 1200 DM entsprach meinem finanziellen Spielraum, so dass ich mich zum Kauf entschloss.

Es war ein Käfer aus dem Baujahr 1961, zum damaligen Zeitpunkt acht Jahre alt und mit einem Komfort, der dieser Zeitspanne entsprach. Einstufiger und selbständig in neutrale Lage springender Blinkerhebel, beleuchtete Geschwindigkeitsanzeige, nicht funktionierende Tankanzeige, Reserveumstellhebel im Fußbereich des Führerhauses und 6-Volt-Stromversorgung.

Um es gleich vorweg zu sagen: Dieses Auto litt ständig unter notorischem Kraftstoffmangel, was zum einen an dem doch recht hohen Verbrauch, zum anderen aber insbesondere an meinem bescheidenen Budget lag. So lernte ich mit der Zeit, auch ohne den restlichen Verkehr nachhaltig zu beeinflussen, den Reservehebel dann, wenn der Motor im Begriff war, seinen Dienst einzustellen, während der Fahrt auf »Reserve« umzustellen. Dies geschah, indem ich mit der linken Hand das Lenkrad fixierte, den Oberkörper über den Schaltknauf legte, den rechten Arm so weit wie möglich nach vorn ausstreckte und den besagten Hebel umlegte. Mit etwas Übung lief dieser Vorgang so gut ab, dass es in aller Regel nur zu einem unbedeutendem Geschwindigkeitsverlust kam, bis dem Motor wieder ausreichend Kraftstoff zugeführt wurde und er dann seine gigantischen 34 Pferdestärken wieder voll ins Zeug legte.

Immer war ich froh, wenn meine Schwester oder mein Bruder mit an Bord war, denn irgendwann ging auch dieser letzte Rest zur Neige und meist war weit und breit keine Tankstelle in Sicht. Dann hatte sie oder er den Auftrag, mit dem, was wir an Geld zusammenrafften, in mein wichtigstes Utensil, einem fünf Liter fassenden Benzinkanister, an der nächsten Tankstelle Sprit einzufüllen. Ich als Fahrzeugführer bewachte das Fahrzeug und meine Begleitung machte sich auf den Weg. Mit der Zeit zogen meine Geschwister die Fahrt mit öffentlichen Verkehrsmitteln vor, was ich im nachhinein nachvollziehen kann.

Im Laufe der ersten Monate lief mein neues Gefährt bei ausreichender Benzinversorgung problemlos, doch dann schlichen sich nach und nach erste Defekte ein.

Zunächst funktionierte das Blinkerrelais nicht mehr. Legte ich den Hebel nach oben oder unten, leuchtete zwar das Blinklicht, aber dies tat es halt dauerhaft. Mit genialer Gehirnakrobatik löste ich das Problem, indem ich meine linke Hand zum Relais umfunktionierte. Wollte ich z.B. nach rechts abbiegen, legte ich den Hebel in entsprechendem Rhythmus nach oben, dann wieder auf neutral, nach oben usw. Dies führte zwar dazu, dass ich weniger in einem Bogen als vielmehr im Zickzack- Kurs abbog doch zumindest wusste mein Hintermann, wo ich hin wollte.

Auch andere technische Raffinessen fingen an zu schwächeln. Die Scheinwerfer, welche aufgrund der besagten 6-Volt-Anlage ohnehin stets auf »Sparflamme« ihren Dienst verrichteten, leuchteten mehr und mehr in Richtungen, die dem sicheren Auto fahren bei Dunkelheit nicht zuträglich waren. Der in Fahrtrichtung links angeordnete ergoss seine Leuchtkraft im fast rechten Winkel zur Fahrtrichtung, während die des rechten nach oben in den unendlichen Weiten des Weltalls verpuffte. So konnte ich bei nächtlichen Fahrten zwar die linke Leitplanke der Gegenfahrbahn und auch die Baumkronen rechts über mir erkennen, doch vor mir und meinem Wagen war nur tiefste

Finsternis. So war es stets mein Bestreben, Fahrten bei Dunkelheit allein und ohne nörgelnde Begleitung durchzuführen, was mir allerdings nicht immer gelang. Besonders peinlich war es, wenn mein Vater bei solch einer Fahrt mit an Bord war. Er verstand es wie kein anderer, mich mit entsprechenden Bemerkungen auf den desolaten Zustand meines ganzen Stolzes aufmerksam zu machen. Ich wiegelte seine Bedenken ab und versuchte, die momentanen Schwächen meines Fahrzeugs auf den katastrophalen Zustand meiner derzeitigen finanziellen Situation zu begründen.

Nachdem so ziemlich alles, was ein Auto zu einem solchen macht, ausgefallen war, tröstete ich mich mit dem Gedanken, dass es da nichts mehr gäbe, was kaputt gehen könnte. Doch mein »Toller Käfer« belehrte mich eines Besseren.

An irgend einem Tag wollte ich mein verhaßtes und doch so innig geliebtes Auto starten, steckte den Schlüssel in das Zündschloss und drehte ihn nach rechts. Doch trotz aufleuchtender Batterie- Kontrollampe weigerte sich der Anlasser und somit auch der Motor, den Dienst zu verrichten. Ich öffnete die Motorhaube, sah mir das kraftstrotzende Aggregat penibel an und überlegte, wo die Arbeitsverweigerung ihre Ursache haben könnte. Mit dieser Situation völlig überfordert, suchte ich Rat und Hilfe bei einem guten Kameraden, der mir nach eingehender Untersuchung versicherte, der Defekt könne nur im Bereich des Zündschlosses liegen.

Aufgrund meiner, wie immer angespannten Haushaltslage entschloss ich mich, die Reparatur in eigener Regie vorzunehmen. Also löste ich die Verkabelung zum besagten Schloss, überbrückte »Plus« und »Minus« der Kabelenden mit einem Schraubendreher und dank dieses Geniestreiches tat der Motor das, was er tun sollte, nämlich anspringen.

Am Ziel angekommen, legte ich den Leerlauf ein und machte mir meine Gedanken, wie denn nun der Motor in schonender Art und Weise zum Stillstand gebracht werden könnte. Dann kam mir in den Sinn, doch einfach die Batterie durch Lösen einer Klemme aus dem Verkehr zu ziehen. Nach dem Anheben der Rücksitzbank – darunter befand sich die Batterie – zog ich ein

Kabel vom Pol und wartete auf das Ergebnis. Zunächst geschah nichts, doch nach einer Weile fing der Motor an zu stottern, es gab einige heftige Schläge und er war aus. Mächtig stolz verließ ich mein Auto in der Erkenntnis, durch Einfallsreichtum und Logik viel Geld gespart zu haben.

Zum Starten benötigte ich ab sofort lediglich einen Schraubendreher, um Plus und Minus zu verbinden und zum Abstellen hob ich die Rücksitzbank an, löste eine Klemme und wartete ab. Nach einer gewissen Zeit gab es wegen einhergehender Fehlzündungen heftige Knallgeräusche aus dem Auspuff und dann trat himmlische Ruhe ein.

Mit der Zeit war für mich der Vorgang des Motorstarts bzw. dessen Stillsetzung absolute Routine. Nicht nur das, es war für mich geradezu ein Privileg, meinen Schlüssel nur noch zum Auf– und Abschließen der Tür benutzen zu müssen.

Diese Empfindungen konnte ich aber mit drei älteren Damen meiner Verwandtschaft nicht teilen. Hin und wieder chauffierte ich die genannten zu irgend welchen Besuchen.

Regelmäßig stiegen zwei recht korpulente von ihnen über den nach vorn geklappten Beifahrersitz in den Fondbereich meines Käfers. Wer diesen Prozess je selbst durchgeführt hat, weiß um die turnerische Höchstleistung, welche sich mit diesem Vorgang verbindet.

Stöhnend und ächzend zwängten sich die netten Frauen durch den schmalen Raum zwischen Sitz und Türrahmen, um dann, schwer atmend und meist schweißgetränkt, Platz zu nehmen.

Nachdem ich beim Einstieg behilflich war, die Beifahrertür geschlossen und auf dem Fahrersitz Platz genommen hatte, nahm ich meinen »Ersatzzündschlüssel«, den erwähnten Schraubendreher, um Kabel »A« mit Kabel »B« kurzzuschließen. Weil die gewünschte Reaktion ausblieb, fiel mir ein, dass ich das unentbehrliche Anschließen der Batterie vergessen hatte, worauf ich die Damen in etwas verlegener Manier bitten musste, den Vorgang des Einstiegs nun in umgekehrter Richtung zu vollziehen.

Notgedrungen stiegen sie unter Mitleid erregenden Geräuschen wieder aus, um mir die Stromversorgung zu ermöglichen und anschließend die Prozedur des Einstiegs erneut zu vollziehen.

Da dies bei einigen Fahrten in gleicher Weise abgelaufen war, stellte ich fest, dass auch ältere Menschen in der Lage sind, aus Erfahrung zu lernen. Öffnete ich zum Zwecke des Einlasses die Beifahrertür, war stets die Frage »Ist die Batterie auch angeschlossen?« zu hören. Hin und wieder ersparte diese den Passagieren enorme Anstrengungen und mir viel Zeit.

Nachdem der Motor nach einer Laufleistung von etwa 150 000 Kilometer den Geist aufgegeben und ich auch mit einem Austauschaggregat kein Glück hatte, stand mein Entschluss fest, das Fahrzeug auf dem Autofriedhof zu entsorgen und einen Neuanfang zu wagen. Also kaufte ich zum Preis von 850 DM einen elf Jahre alten Peugeot, der aber nur kurze Zeit mein eigen sein sollte. Zwei oder drei Tage nach dessen Erwerb parkte ich ihn vor unserer Mietwohnung, was erlaubt und allgemein üblich war. Kurz zuvor fiel mir auf einer Fahrt bei tief stehender Sonne auf, dass die Frontscheibe stark verschmutzt war. Ich wischte während der Fahrt mit einem Taschentuch notdürftig drüber und gelobte mir, sie am Abend ordentlich zu reinigen – und dies fiel mir ein.

Also nahm ich einen Glasreiniger aus dem Bad und machte mich auf den Weg, meinem Vorsatz nachzukommen. Als die Verglasung bis in das letzte Detail lupenrein gesäubert, der Aschenbecher geleert und die Bezüge gesaugt waren, begab ich mich zurück in die Wohnung. Mein Vater war, was am Husten zu hören war, im Bad und machte sich zum Schlafengehen fertig. Dann kam er mit dem Aschenbecher in der einen und einer Zigarette in der anderen Hand aus dem Badezimmer, sagte, dass er in sein Bett ginge, wünschte mit müder Stimme eine gute Nacht und machte sich auf den Weg

In diesem Moment vernahmen wir von draußen ein lautes Geräusch, einhergehend mit quietschenden Reifen und zersplitterndem Glas. Mein Vater blieb blitzartig stehen, drehte sich zu mir um und fragte, was das wohl gewesen sei. Äußerst erschrocken und fassungslos, sprang ich aus meinem Sessel auf und machte mich mit ihm auf den Weg. Wir traten vor die Tür des Hauses und sahen an der Stelle, wo zuvor mein Auto stand, ein anderes stehen. Aus der total deformierten Motorhaube des Fahrzeugs quoll weißer Rauch und aus dem Führerhaus war qualvolles Stöhnen zu vernehmen. Mittlerweile war auch meine jüngere Schwester, eine gelernte Krankenschwester, zugegen und leistete erste Hilfe.

Wie sich später herausstellte, war der betrunkene Fahrer mit stark überhöhter Geschwindigkeit frontal auf mein soeben erst gereinigtes Auto aufgefahren und hatte es über den Fußweg in eine rechts gelegene Böschung katapultiert.

Seine Versicherung ersetzte mir mehr als ausreichend den Schaden und ich machte mich auf die Suche nach einem neuen fahrbaren Untersatz.

# Meine »kleine« Reparatur

Damals war ich als Zeitsoldat in Zweibrücken – in der Pfalz gelegen – stationiert. Da mein Schwager ebenfalls als Zeitsoldat in der gleichen Kaserne diente vereinbarten wir, eine Fahrgemeinschaft unter Nutzung seines Wagens zu bilden. Er hatte als gestandener Oberfeldwebel weitreichende Kontakte und teilte mir an einem Abend mit, dass ein militärischer Fahrschullehrer sein Auto verkaufen möchte und falls Interesse meinerseits bestünde, könnte ich ja Kontakt zu ihm aufnehmen Wenig später sprach ich den erwähnten Herrn telefonisch an und vereinbarte mit ihm einen Besichtigungstermin. Dieser fand tags darauf in der Mittagspause innerhalb der Kaserne statt.

Als das Fahrzeug vor mir stand, konnte ich nicht glauben, es je mein eigen nennen zu dürfen. Es war ein Opel 1900 L, schon sieben Jahre alt, aber äußerlich in einem tadellosen Zustand. Wo man auch hinschaute, es gab nicht den geringsten Anlaß Kritik zu üben.

Ich malte mir aus, was meine Kameraden sagen würden, wenn ich mit einem solchen Wagen vorfahren würde. Mit 90 PS und einer quittierten Höchstgeschwindigkeit von 170 km/h war man zur damaligen Zeit äußerst üppig motorisiert und das reizte mich doch ganz enorm. Meine Frage nach dem Preis beantwortete er mit der Klarstellung, dass unter 3000 DM »nichts ginge«. Obwohl dies durchaus angemessen erschien, versuchte ich dennoch zu verhandeln, um letztendlich seine Preisvorstellung zu akzeptieren. Einen Tag später übernahm ich es und hatte mich so mit einem Schlag in die automobile Mittelklasse gehievt. Mein neues Auto schindete kräftig Eindruck bei meinen Freunden und Bekannten und allerseits wurde mir Anerkennung und Respekt zuteil.

Nun war es mein Bestreben, dieses Fahrzeug auch über die nächsten Jahre in tadellosem Zustand zu erhalten. Zwar war es, wie gesagt, optisch wunderschön, doch war mir klar, dass meist an den Stellen, wo man so einfach nicht hinschauen kann, Mängel sind. Also entschloss ich mich, den Unterboden von

Grund auf zu erneuern und leitete dieses Vorhaben durch entsprechende Maßnahmen gleich ein.

In der Kaserne befand sich ein »Hobby- Shop«, eine kleine Halle mit Bühne, in welcher jeder Soldat der Liegenschaft nach Empfang des benötigten Schlüssels Arbeiten an seinem Fahrzeug verrichten konnte. Ich lieh mir diesen für das kommende Wochenende aus, besorgte mir Schleifpapier, Unterbodenschutz und anderes Material, legte zum Zwecke des »Aufbockens« Vierkanthölzer in den Kofferraum und begab mich am Samstag in der Früh mit Auto zum Ort des Geschehens.

Nachdem beide Hallentore geöffnet waren, fuhr ich mein Auto über die Grube, stieg über eine Steintreppe in dieselbe hinab und begutachtete den Unterboden. Eigentlich, so schien es mir, war es nicht nötig, irgendwo etwas nachzubessern. Das Auto schien vom Vorgänger tadellos gepflegt worden zu sein – kein Rost, keine Beschädigungen, nichts war zu erkennen. Doch jetzt, wo alle Vorbereitungen getroffen waren, sollte die Aktion nicht abgebrochen werden und etwas mehr Unterbodenschutz kann ja auch nicht schaden.

Ich öffnete den Kofferraum, nahm den Wagenheber heraus und fixierte ihn an vorgesehener Stelle in der Nähe des rechten Vorderrades. Dann drehte ich die Kurbel so lange, bis dieses Rad frei hängend war. Nach dem Lösen der Radmuttern nahm ich es ab und unterbaute die Unterseite des Rahmens mit den Vierkanthölzern so, dass das Fahrzeug in entsprechender Position blieb. Genauso geschah es mit dem rechten Hinterrad. Als diese beiden Arbeiten durchgeführt waren, begutachtete ich mein Werk und befand, dass bis dato nicht das geringste auszusetzen war. Also begab ich mich zur gegenüberliegenden Seite, um dort die Unterbauung zu vollenden.

Der Arbeitsraum war hier nicht sehr üppig bemessen, befand sich doch direkt hinter mir die Außenmauer der Halle. Nachdem das vordere Rad abmontiert war, stand die Arbeit der Absicherung mit Kantholz an. Ich schob das erste Holz unter den Rahmen und spürte allzu schnell einen Widerstand der darin begründet war, dass der Opel auf dieser Seite zu nah an der Metallkante der Grube stand. So konnte das erste Holz nur etwa zur Hälfte untergeschoben werden, während die restlichen die gewünschte Lage hatten. Mir war klar, dass dies der Stabilität nicht unbedingt zuträglich ist.

Vorsichtig kurbelte ich den Wagenheber herab. Zu meiner Zufriedenheit war von irgend einer Instabilität nichts zu merken und auch leichtes Drücken gegen die Fahrertür ließ das Gefährt in der gewünschten Position.

Jetzt machte ich mich auf den Weg zum linken Hinterrad, um meiner Arbeit die Krone aufzusetzen.

Nachdem der Wagenheber in der rechteckigen Verstärkung arretiert war, begann ich langsam mit den Drehbewegungen der Kurbel, bis ich durch zunehmenden Gegendruck merkte, dass es nun »nach oben« ging. Ganz sachte, immer wieder einhaltend und auf jedes abnorme Geräusch achtend, drehte ich weiter, bis mir das Hinterrad durch eine leichte Bewegung zeigte, dass die Höhe ausreichend war. Ich griff nach dem ersten Kantholz, legte es bis zum besagten Anschlag unter und korrigierte mit den restlichen die auch hier fehlende Fläche aus. Der Wagenheber sollte als zusätzlicher »Sicherheitspuffer« in Aktion bleiben, doch weil nach dem Unterlegen des letzten Holzes noch einige Zentimeter Freiraum waren, musste ich ihn notgedrungen geringfügig absenken. Dies tat ich!

Was dann passierte, geschah so schnell, dass es mir nicht möglich ist, es im Einzelnen zu beschreiben. Die halbherzige Unterbauung auf der Fahrerseite war wohl der Anlass, dass die Hölzer schlagartig wegrutschten und die gesamte Fahrzeughälfte nach unten brach. Im Reflex sprang ich nach hinten, bis mir die Außenwand Einhalt gebot. Die Karosserie streifte mich an meinen Oberschenkeln, begab sich weiter in tiefere Regionen und suchte sich den reichlich vorhandenen Platz in der Grube. Der Spuk war vorbei!

Ich wusste, dass das Auto nun in einer absolut stabilen Lage war und machte mich, unter schwerem Schock stehend, auf den Weg, um es von allen Seiten zu begutachten. Eigentlich sah das, was man sehen konnte, ganz ordentlich aus, doch das war außer dem Unterboden, den man in dieser Position vorzüglich hätte behandeln können, relativ wenig.

Was sollte nun geschehen? Mein Opel schlummerte schwer angeschlagen in der Grube, mein Zuhause war 30 Kilometer entfernt und am Montagmorgen musste ich den Schlüssel der Halle wieder abgeben. Vor meinem Wagen – oder besser vor dem, was davon blieb – stehend und zum Kettenraucher avancierend, versuchte ich, die Situation, die aussichtslos schien, irgendwie in den Griff zu bekommen. Mir fiel ein, dass es in der Kaserne ständig eine Bereitschaftsgruppe gibt, welche für besondere Aufgaben einzusetzen ist. Mir war natürlich auch klar, dass die Bergung eines Fahrzeugs aus einer Grube nicht unbedingt zu diesen Aufgaben zählt, doch blieb mir keine Alternative. Also erkundigte ich mich, welche Einheit zur Zeit diese Gruppe stellt und fiel zugleich in einen Folgeschock, als mir bekannt wurde, dass es Soldaten meiner Kompanie waren. Im vollen Bewusstsein, für die nächsten Monate zum Spott meiner gesamten Einheit zu werden, rief ich den Führer dieser Gruppe, den Feldwebel Henning, ein guter Freund von mir, an, um ihm die Situation einigermaßen verständlich und unter Schuldzuweisungen an defektes Material und schadhaftes Werkzeug zu erörtern. Er rückte mit seiner Gruppe mit zwölf Soldaten kurze Zeit danach an und bestaunte mein Werk.
Unter Einsatz aller soldatischen Tugenden gelang es den Männern, die Grube von meinem erbärmlich ausschauenden Auto zu befreien.
Dass sich meine heldenhafte Tat mit der Zeit in der gesamten Kaserne herumgesprochen hatte, war ein von mir einkalkulierter Vorgang, welcher im Nachhinein bei so manchen Veranstaltungen zur allgemeinen Belustigung enorm beigetragen hat.
Irgendwann konnte ich damit leben und später – viel später – sogar selbst darüber lachen.

# Die Autowaschanlage

Als mein Vater Ende der siebziger Jahre krank wurde, vererbte er mir seinen Wagen, einen Mercedes 200 D mit einem Gewicht von zwei Tonnen und 55 Pferdestärken.

Als einzige Sonderausstattung verfügte er über eine Diesel–Gedenkminute, eine Zeitspanne, die man vor dem Startvorgang zum Zwecke der Vorheizung der Glühkerzen durch ständiges Ziehen eines Schalters einlegen musste. Wie lange dieses Vorglühen zu dauern hatte, wurde von der Außentemperatur bestimmt. Im Winter, bei Werten unter dem Gefrierpunkt, kam meinerseits ständig ein Stoßgebet hinzu, was jedoch hin und wieder nicht fruchtete. Sprang er an, war in aller Regel aufgrund der herrschenden Minusgrade nach kurzer Zeit der Filter versulzt, was der Fortbewegung erneut Einhalt gebot.

Da ich mittlerweile – Anfang der achtziger Jahre – in das schöne Allgäu übergesiedelt war, zog ich es, um Zeit und Ärger zu sparen, vor, mein Auto über die Wintermonate abzumelden. Dann zog es der Motor nach schlappen 130 000 Kilometern vor, in den Ruhestand zu gehen und als ein Austauschaggregat für immerhin 1200 DM nach kurzer Zeit diesem Beispiel folgte, kaufte ich mir ein Epple-Fahrrad und bewegte mich fortan auf motorisierte Weise nur noch in Autos meiner Freundin und späteren Frau.

Zur damaligen Zeit fuhr sie einen BMW 315, den sie sich als Neuwagen angeeignet hatte. Er war ihr ganzer Stolz, hatte sie ihn doch vom mühsam Ersparten bar bezahlt und zuvor nur ältere Modelle gefahren. Über die Wintermonate fuhren wir am Wochenende regelmäßig zu einer Autowaschanlage, um ihn mittels Dampfstrahler vom aggressiven Streusalz zu befreien. Dann zeigten sich erstmals die Vorboten des nahenden Frühlings und Anfang März stand ein traumhaft schönes Wochenende vor der Tür.

Am Freitagmittag fasste ich kurzfristig den Entschluss, das Auto meiner Freundin dem fälligen Frühjahrsputz zu unterziehen und suchte zu diesem Zweck eine Tankstelle mit Waschanlage im südlichen Teil von Sonthofen auf.

Dort angekommen, musste ich feststellen, dass viele meiner Mitbürger ebenfalls diesen Freitag als »Autowaschtag« auserkoren hatten. Die Anlage war brechend voll doch in Sorge, die Außenhaut des Wagens könnte nachhaltige Schäden erleiden, stellte ich mich hinten an.

In der Waschhalle stand ein Fahrzeug und danach sollten noch drei weitere vor mir an der Reihe sein. Die Fahrzeuglenker hielten sich an einer im rückwärtigen Bereich befindlichen brusthohen Steinmauer auf, von welcher man zu einer TÜV–Station Einsicht hatte. Mir wurde mächtig warm. Ich zog meinen langärmeligen Pullover aus und blieb noch eine Weile im Auto sitzen. Dann fuhr der nächste Wagen in die Halle, die Besitzer der vor mir stehenden Fahrzeuge stiegen ein und bewegten wie ich ihre Gefährte einige Meter vor. Sie stiegen aus, gingen wieder dahin wo sie herkamen und lehnten sich, von der wärmenden Sonne sichtlich betört, an die besagte Mauer.

Ich öffnete die Tür, stieg aus und weil dort, wo die anderen standen, aufgrund des regen Betriebes kein Platz mehr war, zog ich es vor, neben meinem Auto stehen zu bleiben.

Nun ging es mir darum, die für einen BMW–Fahrer typische Haltung einzunehmen. Ich legte meine rechte Hand an den Türholm der Fahrerseite, achtete auf einen dezenten Winkel im Ellenbogen, überkreuzte äußerst leger die Beine und zermalmte in extrem lässiger Art einen soeben eingeführten Kaugummi. Damit hatte ich meines Erachtens klargestellt, wer in dieser Kolonne ein BMW–Fahrer ist.

In der beschriebenen Pose stehend fiel mir auf, dass sich ein Fahrzeug seitlich an den anderen vorbei nach vorne bewegte, um neben einen versetzt stehenden Dampfstrahler zu gelangen. Ich schaute gelangweilt über meine linke Schulter in die Richtung, aus welcher das Fahrzeug kam und kalkulierte, dass es aufgrund meiner offenen Tür für den Ankömmling »etwas eng« werden könnte.

Also zog ich, ohne meine eingenommene Haltung zu verändern, meine linke Hand bedächtig aus der Hosentasche, streckte sie Richtung Tür nach vorn und gab ihr mit einem kräftigen Schubs den Befehl, sich zu schließen. Das tat sie!

Als sie im Schloss verankert war, hatte ich zunächst den Eindruck, dass der typische Klang einer sich schließenden BMW–Tür nicht der ist, den ich vernahm. Dann kam es im Bruchteil einer Zehntelsekunde zu einem übermäßigen Schweißaustritt in den oberen Regionen meines Körpers, diesem folgte ein nicht zu beschreibendes Schmerzgefühl im Fingerbereich meiner rechten Hand und eine enorme Beschleunigung meines Kaurhythmus im Mundbereich. Ich hatte beim Zuschlagen der Tür die Position meiner Finger falsch eingeschätzt und nun waren sie zwischen Tür und Rahmen eingequetscht.

In dem Bewusstsein der Beobachtung durch Anwesende, unterdrückte ich sämtliche Reflexe und versuchte, das Schmerzgefühl nach innen abzuleiten. Mittlerweile klebte mein T–Shirt schweißgetränkt an meinem Körper und von Nase und Kinn tropften Perlen gleicher Art zur Erde.

Unter dem Eindruck, diese Folter nicht mehr lange zu ertragen, wanderte mein verschleierter Blick zu den Umherstehenden.

In der Hoffnung unbeobachtet zu sein, bewegte ich meine schmerzfreie linke Hand zum Schloss der Tür und zog den Griff nach oben. Die Verriegelung öffnete sich und mit viel Schwung gab die Tür dem Gegendruck der Finger meiner rechten Hand nach. Mit einem kräftigen Aufatmen quittierte ich das allmähliche Abflauen des zuvor unerträglichen Schmerzes. Dennoch wollte ich in keinerlei Hektik verfallen und verharrte, mittlerweile mit schweißgetränkter Unterhose, in beschriebener Haltung. Erst als ich meinte, die Zeit wäre reif, entfernte ich – den Blick frei geradeaus – meine Hand vom Türrahmen, weitete mit der anderen die rechte Beintasche und führte die gequälte vorsichtig in dieselbe ein.

Nur unter Inkaufnahme größter Pein und Last gelang es mir, die Prozedur der Autowäsche zu vollenden.

In einem geeigneten Augenblick begutachtete ich die betroffene Hand und stellte bei Mittel– und Ringfinger eine ausgeprägte, beim Zeigefinger eine mäßige Schwarzfärbung im Nagelbereich fest.

Da sich über das Wochenende Aussehen und Schmerz dramatisch verschlimmerten und ein übermäßiges Klopfgeräusch allgegenwärtig war, entschied ich mich, am Montag kommender Woche meinen Arzt zu konsultieren.

Nachdem er mir versicherte, »ganze Arbeit« geleistet zu haben, bohrte er in die betroffenen Nägel ein kleines Loch, worauf sich fontänenartig in Form eitriger Flüssigkeit mein ganzer Schmerz entlud.

Bis zum heutigen Tag ist der Vortrag dieses Ereignisses bei Freunden und Bekannten zu geselligen Anlässen sehr gefragt.

# DRITTES KAPITEL

## Treues Dienen

# Der Fitnessraum

Nachdem meine Lehrzeit mit dem Gesellenbrief erfolgreich absolviert war, flatterte mir eines Tages ein Einberufungsbescheid vom Kreiswehrersatzamt ins Haus.

Die Eignungsprüfung war schon seit Monaten abgeschlossen und man bedachte mich mit dem Grad »voll tauglich«. Ab Juni 1971 erfolgte meine Grundausbildung in der General-Delius-Kaserne in Mayen, von wo ich auf eigenen Wunsch und mit der Unterschreibung eines Antrages »Soldat auf Zeit« zum September 1971 nach Zweibrücken in die Niederauerbach-Kaserne versetzt wurde. Inzwischen zum Zeitsoldaten ernannt, war es mein Bestreben, die nächsten Jahre zur Fort– und Weiterbildung zu nutzen und stand deshalb dem vielfältigen Angebot mannigfacher Lehrgänge offen gegenüber.

Im Jahre 1972 wurde ich nach Sonthofen – im schönen Allgäu gelegen – kommandiert, um an der ABC– und Selbstschutzschule einen Brandschutz- und Gerätemechanikerlehrgang zu besuchen. Dann entschied ich mich, Unteroffizier werden zu wollen und fand mich zum Zwecke der erforderlichen Ausbildung alsbald in der gleichen Kaserne wieder. Nachdem meine Beförderung zum Unteroffizier ausgesprochen war und ich mir als Hilfssportleiter einen guten Namen erarbeitet hatte, sprach mich eines Tages unser Kompanietruppführer, ein Oberfeldwebel namens Brust an, ob es mir gefallen würde, einen Sportleiterlehrgang mit entsprechender Lizenz in Sonthofen in der General-Oberst-Beck-Kaserne durchzuführen.

Da es erstens (wie erwähnt) in meinem Sinn war mich fortzubilden und mir zweitens der besagte Standort ausgesprochen gut gefiel, sagte ich ohne Zögern zu.

Obwohl mich diese Ausbildung sehr forderte, bereitete sie mir andererseits sehr viel Freude und motivierte mich ungemein, die Qualität der Sportausbildung in meiner eigenen Kompanie nachhaltig zu beeinflussen.

Diesbezüglich in hohem Maße aktiviert und nach Abschluss des Lehrgangs in der Verantwortung für die Sportausbildung in meiner Einheit, machte ich mir meine Gedanken, wie dieser Vorsatz in die Tat umgesetzt werden kann.

Unsere Kompanie bewohnte einen älteren Gebäudekomplex, dessen Dachboden bis auf eine geringe Fläche gänzlich unbenutzt war. Das einzige, was auf diesem lagerte, war ein Sportgerätesatz, den ich mittlerweile übernommen hatte. Er befand sich, kam man die Treppe hinauf, auf der linken Seite hinter einer schweren Metalltür. Auf der rechten war, hinter einer ebensolchen Tür, eine völlig unbenutzte Fläche von circa 200 Quadratmeter.

An einem Wochentag ging ich nach Dienstschluss auf den Dachboden, um ihn im Detail zu erkunden und mir Gedanken über eine eventuelle Nutzung als Fitnessraum zu machen.

In ihm befanden sich sechs gemauerte Säulen, drei auf jeder Seite, welche die nutzbare Fläche in gleich große quadratische Nischen aufteilten. Mein Plan bekam mit der Begutachtung mehr und mehr Kontur und als ich mich wieder auf meine Stube begab, war mein Vorhaben gedanklich aufbereitet.

Tags darauf trug ich meinem Chef den Plan vor, versicherte ihm, keinerlei finanzielle Mittel zu beanspruchen und erntete Lob und Anerkennung für mein großes Engagement. Dann machte ich mich mit sechs Soldaten meiner Gruppe an die Arbeit.

Zunächst wurden der Boden und die Wände gesäubert und die verputzten Flächen mit Wandfarbe aus eigenem Bestand erneuert. Die Säulen strichen wir in exakt vermessenem Abstand in den Farben der Deutschlandflagge, um sie danach mit Hilfe ausgesonderter Tarnnetze zur Unterteilung in besagte Nischen zu nutzen. So erstellten wir insgesamt sechs Stationen zum Zwecke der körperlichen Ertüchtigung.

Die erste Station sollte dem Aufbau der Armmuskulatur dienen. Auf dem Boden lagen mehrere fünf Zentimeter dicke Turnermatten und mittig darauf präsentierte sich ein Bullworker, mit welchem die Muskeln der besagten Extremitäten hervorragend trainiert werden konnten. Ein begabter Soldat fertigte auf meine Anordnung ein zeichnerisches Angebot möglicher Übungen auf einem Plakat an, welches dann an der entsprechenden Säule gut einsehbar angebracht wurde.

Bei den restlichen Stationen verfuhren wir in ähnlicher Art, wobei einfachste Trainingsgeräte wie Expander, Handhantel, Sprungseil und anderes mehr zum Einsatz kamen. Nur eine Station – die letzte – war für gehobene Ansprüche ausgelegt und das hatte einen besonderen Grund.

In der Versorgungsgruppe unserer Kompanie gab es einen Hauptgefreiten namens Becker. Er hatte sich als Soldat auf Zeit für vier Jahre verpflichtet und war auch außerhalb unserer Einheit allseits bekannt. Sein Bekanntheitsgrad resümierte daher, dass er den Ruf eines anerkannten Kraftsportlers hatte. Auch er war hin und wieder an der Sportschule der Bundeswehr in Sonthofen, um bezüglich seiner Aktivitäten Förderung zu erfahren. Er war 1,90 Meter groß, hatte Oberschenkel, die einzeln durchaus mit meinem Brustumfang konkurrieren konnten, und eine Halsmuskulatur, die ständig den Anschein erweckte, er müsste dringend auf die Toilette.

Die Sportart, welche er betrieb, war Gewichtheben. War unsere Kompanie auf Übung, so war er für die Versorgung der Kraftfahrzeuge mit Kraftstoff zuständig. Während wir anderen mächtig Mühe hatten, einen Kanister mit zwanzig Litern Sprit auf die Ladefläche eines Fahrzeugs zu heben, tat er dies mit vier – in jeder Hand zwei. Dabei war ihm nicht die geringste Anstrengung anzumerken und das war der Grund dafür, dass man ihn allerorts kannte und respektierte.

Er war ein recht netter Kerl, immer zu Späßen aufgelegt und protzte in keinerlei Hinsicht mit seinen Bärenkräften. Hatte man ihn als Freund bei irgendwelchen nächtlichen »Streifzügen« dabei, fühlte man sich sicher wie in »Abrahams Schoß«.

Und als ich nun dabei war, mir Gedanken über die Ausrichtung der letzten Station zu machen, dachte ich an ihn.

In meinem Sportgerätesatz befand sich eine zwanzig Kilogramm schwere Gewichtsstange und eine große Anzahl verschiedener Gewichte, die man variabel von 2,5 bis 20 Kilogramm beiderseits der Stange aufschieben konnte. Diese Geräte sollten Trainingsinhalt meiner letzten Station sein. Ich ließ wie bei den anderen Stationen auch die besagten Matten unterlegen, stellte jedoch bei einem Hebeversuch fest, dass diese zu sehr federten und ließ sie sogleich wieder entfernen.

Die Stange war links und rechts mit zwei leichteren Gewichten bestückt und lag direkt auf dem Holzboden. Die restlichen Gewichte befanden sich auf einer seitlich versetzt liegenden Matte.

Auf Trainingsvorschläge wurde auf mein Geheiß verzichtet, wusste ich doch, dass an dieser Station ein Vollprofi am Werk sein wird.

Der zuvor unansehnliche und ungenutzte Raum war eingerichtet und um der ganzen Arbeit die »Krone« aufzusetzen, ließ ich auf der Eingangstür eine »Explosionszeichnung« anbringen, welche einen Turner bei der Ausübung eines »Radschlages« zeigte. Darüber stand in künstlerischer Schrift »Fitnessraum«. Dann wurden die letzten Hinweisschilder im Treppenhaus angebracht und mit Stolz geschwellter Brust meldete ich meinem Chef den Vollzug meiner Arbeit. Kurz darauf besichtigte er den Raum und zeigte sich  von meiner Arbeit so tief beeindruckt, dass er mir tags darauf eine förmliche Anerkennung, verbunden mit zwei Tagen Sonderurlaub aussprach.

Wenige Tage später kam ich am Morgen zum Dienst. Auf meinem Weg vom Parkplatz zum Kompaniegebäude kam mir der Hauptgefreite Becker an Krücken laufend entgegen. Er machte einen etwas beleidigten Eindruck, grüßte nicht und vermied den Blickkontakt. Zunächst konnte ich mir keinen Reim auf sein Verhalten machen, betrat das Gebäude und wurde sogleich vom »Unteroffizier vom Dienst« (UvD) aufgefordert, mich unverzüglich beim Chef zu melden. Ich tat wie befohlen und musste Folgendes erfahren.

Am Abend des gestrigen Tages saßen vier Soldaten beim »Doppelkopfspiel« in der Stube 312 im Obergeschoss. Plötzlich und unvermittelt gab es ein abnormes Geräusch im Deckenbereich, gefolgt von herzzerreißendem Geschrei und zwei aus der morschen  Decke baumelnden Beinen, von welchen Blut in großer Menge herunter tropfte. Es waren die Beine von Becker, der in meinem, von allen Seiten gelobten Fitnesscenter Hebeübungen absolvierte.

Wie sich im nachhinein herausstellte, hatte ich in meinem Eifer nicht bedacht, dass die Belastungsgrenze des Dachbodens bei diesen Übungen um ein Vielfaches überschritten wurde und letztendlich zu diesem Malheur führte.

Von allen Seiten wurde mir nun dargelegt, dass ich das doch hätte wissen müssen, und die Standortverwaltung teilte mir in schriftlicher Form mit, meinen Trainingsraum unverzüglich wieder der bisherigen Nutzung zugänglich zu machen.

Ich tat es in der Erkenntnis, dass es manchmal besser ist, übergroße Motivationsschübe zu unterdrücken.

# Mein olympischer Einsatz

Die Hälfte der Soldaten meiner ehemaligen Einheit, der ABC-Abwehr-Kompanie 12 in Zweibrücken, befand sich an jenem Tag noch im Urlaub. Es war am 20. August 1972, als der klägliche Rest vor dem Kompaniegebäude in Linie zu drei Gliedern antrat.

Der Kompaniefeldwebel, Hauptfeldwebel Gebauer, betrat mit gewölbter Brust und einem ihm eigenen drohenden Gesicht die offene Arena. Oberfeldwebel Brust, wir nannten ihn »Doppelfeld Titti«, meldete die angetretene Formation in gewohnt korrekter Manier und trat in unsere Reihen ein.

Nachdem der Spieß den Zustand des Außenreviers beklagt hatte, las er die Namen derer vor, die gemäß seiner Liste am heutigen Tag anwesend sein mussten und zeigte sich anschließend äußerst zufrieden, dass kein Fehl zu beklagen war. Nach Abschluss dieser Prozedur warf er uns mit seiner hohen, aber um so lauteren Stimme einen Satz zu, welcher in mir schlechte Erinnerungen weckte: »Es werden Freiwillige gesucht!« Diese »Freiwilligen« wurden des öfteren gesucht und ich, obwohl mit einer Größe von 1,68 Meter einer der unauffälligsten, war seltsamer Weise immer einer von ihnen. Das, was wir anschließend freiwillig zu tun hatten, ging entweder auf die Knochen, ans Herz oder auf die Nerven. Als einer der kleinsten im dritten Glied stehend, versuchte ich durch Senken des Kopfes und leichtes »In-die-Knie-gehen« unerkannt zu bleiben. Zwar wusste ich nicht, welche Dienste zu verrichten waren, aber nach all meiner Erfahrung konnte es nichts Gutes sein.

»Wie Sie wissen«, so fuhr der Spieß fort, »beginnen in einer Woche die Olympischen Spiele in München. Unsere Kompanie hat den Auftrag, ein Arbeitskommando, bestehend aus einem Unterführer (so einer war ich) und vier Soldaten, nach München abzustellen.«

Da war wieder dieses Wort, das mich immer so abschreckte: »Arbeitskommando« und wie ich feststellte, hatten alle anderen ähnliche Bedenken wie ich, denn auch sie senkten den Kopf und zeigten keinerlei Interesse. Doch dann wurde mir bewusst, welch einmalige Chance sich für mich bei einer Meldung verbindet. Olympische Spiele! Wann würde ich wieder die Gelegenheit haben, eine solche Veranstaltung hautnah zu erleben? Selbst München war mir fremd, ich kannte nur den Slogan »Weltstadt mit Herz«. Die Freundin hatte mich vor wenigen Wochen verlassen, und andere Eindrücke wären vielleicht gar nicht so schlecht. Während mir all diese Dinge durch den Kopf gingen, erhob ich zunächst denselben und dann meine rechte Hand und rief mit zweifelnder Stimme »Hier, Herr Hauptfeldwebel!« Alle drehten sich mit den Köpfen zu mir und selbst der Spieß machte einen unsicheren Eindruck angesichts der Tatsache, dass sich für ein Arbeitskommando jemand frei-willig gemeldet hat.

Nachdem er sich gefangen hatte, befahl er mich nach dem Antreten zu sich und gab dem Rest noch bis zum Abend Zeit, meinem Beispiel zu folgen. So begab ich mich nach dem Appell, meinen Entschluss schon bereuend, in das Dienst-zimmer des Kompaniefeldwebels, wo ich nach meiner förmlichen Meldung einen anerkennenden Klaps von ihm auf die Schulter bekam mit der Bemerkung, dass er das von mir am wenigsten erwartet hätte. Dann gab er mir genauere Infor-mationen: Ich sollte mich am 24. August mit meinen Soldaten und entsprechendem Material in der Bayern- Kaserne in München melden. Als ABC- Abwehr- Kompanie waren wir zur Dekontamination (Entstrahlen, Entgiften, Entseuchen) von Personal und Material ausgerüstet und ausgebildet und somit im Besitz eines Duschzeltes, Wasserdurchlauferhitzern (zum Erwärmen von Wasser) und Tragkraftspritzen (zur Wasser-förderung). Genaueres könnte er mir nicht mitteilen, aber nähere Instruktionen bekäme ich dann an Ort und Stelle.

Auf welche Art und Weise die restlichen Freiwilligen gefunden wurden, blieb mir verschlossen, aber zwei Tage später bekam ich vier Soldaten namentlich zugeteilt und den Auftrag, Kraftfahrzeuge, Material und Personal zum Einsatz tauglich zu machen.

Am 24. August um $07^{30}$ Uhr meldete ich mich mit Arbeitskommando zum Einsatz »Olympische Spiele« ab. Noch-maliges, diesmal besonders anerkennendes Schulterklopfen und aufmunternde Worte seitens meines Spießes, ließen Zweifel an meinem Entschluss erneut aufkeimen, aber mir war klar, es gab kein Zurück. Also schluckte ich den Kloß im Hals hinunter, begab mich zu meinen Soldaten und meinen Fahrzeugen (1 VW-Kübel, 1 LKW 5 t) und verließ die Kaserne Richtung München.

Am Abend des selben Tages kamen wir in der Bayern- Kaserne an. Größere Zwischenfälle hatte es nicht gegeben. Nun begann mein Suchen nach irgendeiner Bezugsperson, die uns in unsere Aufgaben einweisen konnte. Also begab ich mich zu einem Kompaniefeldwebel einer Inspektion und grüßte ihn militärisch mit dem Satz: »Unteroffizier Holzer meldet sich mit vier Soldaten als Arbeitskommando.«

Der Spieß musterte mich auffällig lange, ehe er in einem Berg von Papier, welcher auf dem Schreibtisch lag, wühlte, um herauszufinden, mit welch seltsamer Abordnung er es da zu tun hatte. Seine Suche blieb zunächst erfolglos und tief im Inneren machte ich mich schon wieder auf die Heimreise. Irgendwie hoffte ich sogar darauf, angesichts der Hektik, die aus den Fluren zu entnehmen war. Aber dann kam dieser erschreckende Aufruf seitens des Kompaniefeldwebels, dass er die entscheidende Information gefunden habe und sich auch an ein Gespräch mit seinem Vorgesetzten bezüglich unseres Einsatzes erinnere. Mit dem Zettel in der Hand stand er auf und ordnete an, dass ich ihm zu folgen habe. Wir begaben uns auf eine kleine, aber ansehnliche Wiese. Dort zeigte er mir eine Wasserentnahmestelle (Hydrant) und den Platz zum Aufstellen des Duschzeltes und erklärte mir, dass ab übermorgen ein Duschbetrieb stattfinden sollte. Irgendwelche Leute kämen am Morgen gegen $10^{30}$ Uhr und dann wieder am Nachmittag gegen $15^{30}$ Uhr zum Zwecke der Körperreinigung. Dann forderte er mich und meine mittlerweile anwesenden Soldaten auf, ihm auf sein Dienstzimmer zwecks logistischer Einweisung zu folgen. Dort angekommen, übergab er jedem von uns eine größere Anzahl von Eintrittskarten zu irgendwelchen Veranstaltungen auf dem olympischen Gelände. Dabei handelte es sich größtenteils um Wettkämpfe in den Disziplinen »Schwimmen«, »Turnen«, »Bahnradfahren« und »Fußball«. Außerdem bekamen wir einen Sonderausweis, auf welchem stand: »Der Inhaber dieses Ausweises ist berechtigt, in der Zeit vom 26.08 - 11.09.1972 folgende Ausstellungen, Galerien und Veranstaltungen kostenlos zu besuchen: Olympiaturm, Starnberger See usw.«. Außerdem bekam jeder von uns eine Sondernetzkarte zur kostenlosen Benutzung aller öffentlichen Verkehrsmittel und die Mitteilung, dass wir pro Tag 10 DM Olympia-Zulage erhalten würden. Nach Einweisung in die Stuben und Ausgabe der Essenmarken, wünschte uns der nette Hauptfeldwebel gutes Gelingen und gab mir durch militärischen Gruß zu verstehen, dass er wichtigere Aufgaben zu erledigen habe.

So begab ich mich mit meinen Männern in die Stuben, richtete sie ein und ging dann in die Kantine, um unseren vermeintlich schweren Auftrag bis ins Detail zu analysieren und zu planen. Mich, als verantwortlicher Führer, quälte nur ein Gedanke: Keiner sollte sich beschweren, die Geräte mussten funktionieren, das Wasser warm und die Anlage 24 Stunden am Tag einsatzbereit sein. Ich beschwor meine Untergebenen, alles zu geben, forderte stete Einsatzbereitschaft und redete jedem einzelnen ins Gewissen, welch hoheitliche Aufgabe er zu erfüllen habe. Aufgrund der Beiträge meiner Soldaten war erkennbar, dass ich mein Ziel erreicht habe und eine verschworene Gemeinschaft in den nächsten zwei Wochen hinter mir stehen würde. Erleichtert und vom Bier benebelt, begab ich mich mit meinen Soldaten auf die Stuben und bat den Unteroffizier vom Dienst (UVD), mich am Morgen um 7 Uhr zu wecken.

Dieser Auftrag erwies sich im Nachhinein als überflüssig, denn bereits kurz nach 6 Uhr in der Früh konnte ich nicht mehr schlafen. Viele, viel zu viele Gedanken quälten mich. Habe ich auch wirklich an alles gedacht? Wie viele Personen werden zum Duschen kommen, sind es jeweils 20 oder gar 100 oder vielleicht noch mehr? Werden die Geräte funktionieren, haben wir genug Trockentücher dabei? Fragen über Fragen quälten mich in meinem hoheitlichen Auftrag und irgendwie fühlte ich mich einfach überfordert. Meinen vier Gehilfen schien der Auftrag nicht sonderlich an die Nerven zu gehen, denn nur mit viel Mühe waren sie zum Aufstehen zu bewegen. Als es endlich geschafft war, begaben wir uns nach dem Frühstück zum Aufbau der Duschanlage an den erwähnten Ort. Meine Soldaten waren hoch motiviert und so hatten wir den groben Aufbau gegen Mittag abgeschlossen. Nach der Mittagspause begaben wir uns zu einer letzten Inspektion an unsere Einrichtung.

Um ganz sicher zu gehen, brachten wir noch eine Packung Papierhandtücher an, entnahmen den mitgeführten Beleuchtungskisten die Stablampen und installierten sie zum Zwecke einer evtl. nötig werdenden Ausleuchtung im Zelt. Der Stromerzeuger (0,75 KVA) funktionierte zu meiner größten Zufriedenheit. Ein letzter Probebetrieb sollte folgen und alles passte wunderbar. Nachdem diese Arbeiten abgeschlossen waren, machte ich mir meine Gedanken, wie denn nun die später herbeiströmenden Massen meine Duschanlage auffinden sollten, da sie doch etwas abseits im Kasernengelände lag. Also entschloss ich mich, ganze Arbeit zu leisten, machte den handwerklich begabtesten meines Kommandos aus, versorgte ihn mit notwendigem Material und Werkzeug und gab ihm den Auftrag, Schilder mit der Aufschrift »zur Duschanlage« zu fertigen und sie danach an zuvor festgelegten Plätzen zu installieren. Die anderen sollten ihn dabei unterstützen. Es wurden künstlerisch hochwertige Schilder, für mich unfaßbar, wie man aus Abfallprodukten von Holz so etwas Eindrucksvolles herstellen kann. Ich war mächtig stolz auf meine Leute und, weil es ja meine Idee war, auch auf mich. Ganz egal, von wo man auch kam, überall wiesen die Schilder auf die, meiner Meinung nach, wichtigste Infrastruktureinrichtung der Bayernkaserne hin; unbestritten war es die am besten ausgeschilderte.

Den Rest des Tages verbrachten wir in der Kantine, in welcher auch die zweite Phase meines Motivationsgespräches stattfand. Als wir uns gegen 24 Uhr auf die Stuben begaben, verzichtete ich bewusst darauf, dem UVD einen Weckauftrag zu erteilen, denn mir war klar, dass ich spätestens um 7 Uhr wach sein werde.

Mir war, als hätte ich mich gerade erst hingelegt, als mich jemand aufgeregt rüttelte und rief: »Herr Unteroffizier, es ist gleich neun Uhr!« Ich sprang aus dem Bett und machte dem Gefreiten größte Vorwürfe, weshalb er mich nicht schon früher geweckt habe, worauf er antwortete, dass er selber erst gerade wach geworden sei. Ich war auf dem Tiefpunkt meiner Verfassung angekommen, mein Schädel brummte, es war mir vom vortäglichen Alkohol- und Zigarettenkonsum hundeelend und in Gedanken sah ich die zur unbesetzten Duschanlage strömenden Menschen. Ich strich kurzerhand das Frühstück aus unserem Programm, zog mich an und begab mich unrasiert und ungewaschen zu meinem Arbeitsbereich.

Mittlerweile war es fast $9^{30}$ Uhr und die Intervalle, in denen ich mir eine neue Zigarette anzündete, wurden immer kürzer. Wieder kam dieses seltsame Gefühl, in meinem Dienst für das Vaterland zu versagen. Dann war es endlich $10^{30}$ Uhr. Jeder Soldat war auf seinem Posten. Letzte Korrekturen am Anzug. Die Geräte wurden gestartet, die Brennerkammer des Wasserdurchlauferhitzers noch nicht in Betrieb, aber das erforderte nur die Betätigung eines Druckschalters.

Wann würde der Ansturm erfolgen? Hoffentlich, so dachte ich mir, kommen sie nicht alle auf einen Schlag, eine gesunde Verteilung wäre angenehmer. Die Zeit verging, aber von irgendeiner Person, die hätte duschen wollen, keine Spur. Der Zigarettenkonsum meinerseits ging drastisch zurück. Es wurde Mittag, ich ließ die Geräte ausschalten und begab mich mit meinen Leuten zum Mittagessen in der Annahme, dass es am Nachmittag erst so richtig losgehen würde.

Genauso intensiv wie am Morgen liefen die Vorbereitungen am Nachmittag ab. Überprüfung aller Geräte, Probelauf, Besetzung der Stationen. Das Resultat war dasselbe. Niemand, der auch nur im entferntesten daran dachte, bei uns zu duschen. Und an dieser Situation sollte sich auch an den nächsten Tagen nichts ändern.

Nachdem wir drei Tage vergeblich auf den vermeintlichen Andrang gewartet hatten, entschied ich mich, die Präsenz des eingesetzten Personals drastisch zu reduzieren. Ich ordnete an, dass jeweils die Hälfte einen freien Tag hatte und die anderen die Stationen besetzt halten. Auf diese Weise lernten ich und sicher auch meine Soldaten München in seiner ganzen Vielfalt kennen. Wir besuchten das Hofbräuhaus, von dem ich persönlich etwas mehr »Flair« erwartet hätte, genossen die Aussicht vom Olympiaturm und waren immer dann, wenn unsere

Eintrittskarten gefragt waren, im Olympiagelände. Als eine Woche verstrichen war und in dem Duschzelt schon die ersten Ansätze von Spinnweben zu erkennen waren, entschloss ich mich, das Geschenk meines Arbeitgebers voll in Anspruch zu nehmen. Ich ließ alle Geräte samt Schlauchverbindungen abbauen und in das Zelt stellen, machte Aus- und Eingänge dicht und verbrachte die restliche Zeit meines Auftrages im Olympiagelände. Es sollte bis zum heutigen Tag der schönste Urlaub werden, den ich je verbracht habe. Besonders unser Ausweis, »ehrenamtliches Mitglied des Olympischen Organisationskomitee« erleichterte uns so manch eine Besichtigung im Olympiapark.

Doch auch die schönste Zeit geht einmal vorbei, und so kam der Tag der Abmeldung.

Nachdem wir am frühen Morgen des 12. September das Zelt abgebaut, die Geräte verladen und das Anwesen gereinigt hatten, begab ich mich in Gefolgschaft meiner Soldaten zum Spieß, um ihm die Erfüllung meines Auftrages zu melden und mich zu verabschieden. Er fragte, ob alles glatt gelaufen wäre, was meinerseits mit Nachdruck bejaht wurde. Er zahlte uns unsere Erschwerniszulage (korrekt: Olympia-Zulage) aus, schüttelte jedem Einzelnen die Hand mit der Bemerkung, er werde den erfolgreichen Einsatz unserer Kompanie melden und entließ uns.

So machten wir uns, von den Eindrücken der letzten Wochen geprägt, auf die Heimreise nach Zweibrücken. Als wir mit unseren Fahrzeugen die Kaserne verlassen hatten und uns auf der Autobahn Richtung Stuttgart befanden, machte ich mir Gedanken über den weiteren Ablauf meiner Expedition. Da war nun wieder das nächste Problem, welches mich mehr und mehr unruhig machte. Wie um alles in der Welt sollte ich meinen Vorgesetzten klarmachen, dass wir in München - ausgenommen dem Auf- und Abbau eines Zeltes - nichts, aber auch rein gar nichts gemacht hatten? Als Soldat und Unterführer musste ich natürlich wahrhafte dienstliche Meldungen offerieren, aber war das angesichts der Tatsache, dass bei einer unwahren dienstlichen Meldung keinem Dritten ein Schaden oder Nachteil entstehen würde, wirklich so wichtig? Aber was würden meine

Soldaten denken, wenn sie mitbekämen, dass ich das Blaue vom Himmel lüge und von ihnen beim täglichen Dienst Aufgeschlossenheit und Korrektheit erwarte.

Ich konnte das Problem nicht beiseite schieben, sondern musste mich mit ihm auseinandersetzen. Also fuhr ich zum Zwecke einer Rast nach etwa zwei Stunden Fahrzeit auf den Parkplatz einer Autobahnraststätte, um mit meinen Leuten über die peinliche Situation zu reden. Ich zeigte ihnen die Lage auf und bat sie um Vorschläge bezüglich meiner abzugebenden Meldung. Da nichts Verwertbares geäußert wurde, gelobte ich ihnen, bei der Wahrheit zu bleiben, diese aber so verschleiert weiter zu geben, dass uns daraus kein Nachteil entstehen würde. Ich wusste zwar noch nicht, wie das anzustellen war, aber irgend etwas werde mir schon einfallen. So begaben wir uns zu den Fahrzeugen und fuhren weiter. Am Nachmittag gegen 16 Uhr kamen wir in der Niederauerbach-Kaserne an. Wir begaben uns gemeinsam zum Spieß, wobei ich anordnete, dass meine Soldaten vor dem Geschäftszimmer auf Abruf warten sollten. Mit einem ziemlich schlechten Gefühl betrat ich den Raum und bat den dort anwesenden Unteroffizier namens Ruloff um Anmeldung beim Kompaniefeldwebel. Er tat wie gebeten und schon war von drinnen der überschwengliche Ausruf »Ja, der Holzer ist wieder da, soll gleich rein kommen!« zu vernehmen. Ich betrat mit einem Kloß im Hals das Zimmer, schluckte ihn runter und meldete mich korrekt vom Einsatz »Olympia 1972« zurück.

Er bewegte sich stark gestikulierend auf mich zu, schlug mir noch fester als bei meiner Abmeldung auf die Schulter und forderte mich auf, Platz zu nehmen und von meinem Einsatz zu berichten. Ich tat wie mir befohlen und fing mit meinem Bericht an. Den Vorsatz, ihm eine wahre dienstliche Meldung zukommen zu lassen, hatte ich angesichts des Schulterklopfens schon wieder »über den Haufen« geworfen. Ich fing mit der Ankunft in der Bayern- Kaserne an, schilderte ihm in allen Einzelheiten die phantastische Ausschilderung und war gerade dabei, dienstlich unwahr zu berichten, als das Telefon läutete. Noch nie zuvor empfand ich das Klingeln eines Telefons als ein so angenehmes Geräusch, blieb mir doch Zeit, meine Gedanken zu ordnen. Was hatte ich bei meinem Eintritt in die Bundeswehr gelobt? »... das Recht und die Freiheit des deutschen Volkes tapfer zu verteidigen.« Das brauchte ich in München nicht. Also zumindest mein Gelöbnis bliebe bei meinen weiteren Ausführungen unberührt.

Im Wirrwarr der Gedanken fiel mir auf, dass mein Spieß immer wieder »Jawohl« sagte. Also musste irgendein Vorgesetzter von ihm am anderen Ende der Strippe sein. Dann sagte er »Jawohl, Herr Oberstleutnant!« und ich wusste, eigentlich konnte es nur unser Bataillonskommandeur sein. Dann schließlich sagte er: »Moment, Herr Oberstleutnant, ich muss nur schnell einen Unteroffizier entlassen, bin sofort wieder da.« Er hielt die Muschel zu, flüsterte mir zu, ich könne mich abmelden und ihm später Weiteres berichten. Schon immer hatte ich mich von Vorgesetzten gerne abgemeldet, aber diesmal war es geradezu ein Genuss, es zu tun. Ich stand auf, schlug die Hacken zusammen, wölbte meine - nicht gerade ausgeprägte – Brust, grüßte und meldete mich mit wieder erstarkter Stimme ab.

Angesichts der fortgeschrittenen Stunde befahl ich meinen Soldaten Feierabend und wusste, mein Problem ist zumindest vertagt.

In den nächsten Tagen versuchte ich mit allen mir möglichen Mitteln, einer direkten Konfrontation mit dem Spieß zu entgehen. Dies geschah durch Abducken, seitliches Einsteigen in einen gerade vorhandenen Türstock, schnelles bis sehr schnelles Gehen (was mir ansonsten fremd war) und andere Maßnahmen. Doch der Tag kam, an welchem wir uns Auge in Auge gegenüber standen. Zu meiner Überraschung sagte er jedoch nur, dass er dem Chef von meinem Einsatz berichtet hätte und der mächtig stolz auf mich sei. Ihm begegnete ich am gleichen Tag. Er klopfte mir ebenfalls auf die Schulter, was für ihn sehr außergewöhnlich war, und lobte mich mit den Worten: »Habe von ihrem tollen Einsatz gehört, weiter so, Herr Unteroffizier!« Damit war für mich der Einsatz München endgültig abgeschlossen und mir war klar, ich habe nichts getan und wurde dafür von allen Seiten belobigt.

Die Wochen vergingen, ohne dass irgend etwas Ungewöhnliches geschah. Dann aber, bei einem morgendlichen

Antreten, bei welchem mittlerweile wieder alle Soldaten anwesend waren, befahl uns der Chef nachmittags um 15 Uhr zum Bataillonsappell auf den Exerzierplatz. Einen solchen Appell gab es selten. Anlass war meist ein Wechsel des Kompaniechefs innerhalb des Bataillons, ein Besuch des Inspizienten der ABC-Abwehrtruppe oder, was ich aber nur einmal erlebt hatte, die Verleihung des Bundesverdienstkreuzes an einen verdienten Soldaten.

Um $14^{45}$ Uhr trat unsere Kompanie vorm Gebäude an und begab sich im Gleichschritt zum Ex-Platz, auf welchem die beiden anderen Kompanien des Bataillons schon Aufstellung bezogen hatten.

Alle schienen sehr gespannt zu sein, welchen Grund dieses Antreten haben könnte. Es wurde getuschelt und gemutmaßt, doch dann befahl der stellvertretende Bataillons- Kommandeur Major Brinkmann »Ruhe!«, denn sein Chef bewegte sich schnellen Trittes auf den Ex-Platz zu. Ihm wurde die angetretene Formation gemeldet und sein Stellvertreter trat ins Glied ein.

Der Kommandeur, Oberstleutnant Lohse, begrüßte uns und begann seine Ausführungen mit den Worten, dass er stolz sei, eine besondere Belobigung und Würdigung an Soldaten seines Bataillons von höchster Stelle aussprechen zu dürfen. Er fing an, ein Schreiben vom damaligen Verteidigungsminister vorzulesen und es traf mich wie ein Schlag, als die Worte »Olympische Spiele« und »München« genannt wurden. Den Inhalt des Schreibens kann ich zwar nicht mehr genau wiedergeben, aber aus ihm ging eindeutig hervor, dass die Olympischen Spiele ohne meinen unermüdlichen Einsatz wahrscheinlich ausgefallen wären. Es war die Rede von »vorbildlicher Pflichterfüllung«, von »Belastung bis an die Grenzen der körperlichen Leistungs-fähigkeit« und anderem mehr.

Nur angesichts der Tatsache, dass meine Soldaten auch anwesend waren und leider die Wahrheit kannten, konnte ich den inhaltlichen Wert der Rede nicht voll auskosten. Es wurde uns ein Sonderurlaub von drei Tagen gewährt und jedem wurde eine Dankurkunde, unterschrieben von Willi Daume, ausgehändigt, auf welcher stand: »Wir danken Ihnen für Ihren Beitrag zum Gelingen der Olympischen Spiele!«.

## Eine erfolgreiche Übung

Nachdem ich zum Feldwebel befördert war, stand mir nun nach damaligen Sitten und Gebräuchen eine Feldwebelunterkunft zu, welche ich mit einem anderen Soldaten der gleichen Dienstgradgruppe zu teilen hatte. Dieser »Andere« war ein gewisser Feldwebel Henning, den ich über Jahre hinweg kennen und schätzen gelernt hatte. In unserer Freizeit unternahmen wir sehr viel gemeinsam, was der gegenseitigen Wertschätzung sehr dienlich war. Besonders oft unternahmen wir ausgeprägte Klettertouren in den pfälzischen Steingebilden, von denen mir der »Jungfernsprung« - ein besonders imponierendes, aber auch schwierig zu besteigendes Felsmassiv - bis heute in Erinnerung geblieben ist. Ihn haben wir nie bestiegen, obwohl es irgendwann unser ausgemachtes großes Ziel sein sollte.

So lernte ich von ihm die Grundsätze der Kletterei kennen, übte mit Hingabe Knoten und Bunde, legte mir die erforderliche Ausrüstung (Seil, Brustgeschirr, Karabinerhaken, usw.) zu und war bei so manchem Ausrutscher froh, ihn als Freund und Sicherer dabei zu haben. Mehr als seine beeindruckenden Kenntnisse im Bereich der Kletterei, faszinierten mich jedoch seine Aquarien und sein Wissen über die Lebensbedürfnisse deren Bewohner. War ich bei ihm zu Hause, saßen wir in aller Regel vor einem seiner Aquarien (er hatte insgesamt drei), wobei er mir nach Typisierung auch die Eigenarten, das Verhalten und die Fressgewohnheiten seiner »Lieblinge« erklärte. Mit zunehmenden Besuchen kannte ich schließlich sogar die idealen PH-Werte, wusste, dass das Wasser in 14-tägigem Rhythmus zu einem Drittel  gewechselt wird, die Pumpe monatlich gereinigt und die Lampen spätesten nach einem Jahr zu erneuern sind.

An irgendeinem Tag fragte er mich, ob ich etwas dagegen hätte, wenn er in unserer gemeinsamen dienstlichen Unterkunft ein Aquarium aufstellen würde. Seine Tochter bekäme ein eigenes Zimmer, in welchem eins seiner Aquarien stünde, und er sorge sich um das Wohlergehen seiner zum großen Teil sehr teuren Fische.

Ich hatte natürlich nichts dagegen, doch musste die Installation in einer Nacht- und Nebelaktion erfolgen, denn eine Fischbehausung war in der Beschreibung einer Feldwebelwohnung zum damaligen Zeitpunkt nicht vorgesehen.

Also nahmen wir uns an einem Abend Zeit und halfen den Fischen beim Umzug in die Kaserne. Auf diesem Wege kam es naturbedingt zu einer gründlichen Neugestaltung des Innenlebens, er besorgte eine neue Bepflanzung, reinigte den Kies und kaufte noch einige besonders schöne Exemplare der besagten Spezies. Als alles fertig war, hatten wir mit Sicherheit das wertvollste Zimmer im Gebäude. Außer, dass ich in hektischen Zeiten dem gemütlichen Dasein der Fische begehrte und ihnen mit Wehmut zuschaute, hatte ich mit dieser Einrichtung sonst nichts zu tun, worauf meinerseits aus Sicherheitsgründen und eventueller Reklamationen seitens meines Freundes großer Wert gelegt wurde.

Im Oktober 1976 - die Fische hatten sich in ihrer neuen Behausung gerade eingelebt - stand eine Bataillonsübung, ein zweiwöchiger Aufenthalt auf dem Truppenübungsplatz Schwarzenborn (bei Fulda gelegen) an. Wie immer war die Vorbereitung auf diesen Höhepunkt des Ausbildungsjahres von größter Hektik geprägt.

Es kam der Tag des Abmarsches. Ich befand mich bei meinen Soldaten auf deren Stube, wo ich das Vorhandensein der (kriegsentscheidenden) »Taschenkarte ABC«, »Taschenkarte Fliegererkennung« usw. kontrollieren musste. Meine Gruppe war wie immer die einzige, welche die Existenz solcher Karten nicht glauben wollte, geschweige denn, von irgendeiner eine hatte. Also lief ich, dem Wegweiser »Zufall« folgend, von Stube zu Stube, um irgendwo einen Überbestand zu ergattern und meinen Soldaten auszuhändigen. Dies kostete mich eine Menge Zeit und als der Unteroffizier vom Dienst (UvD) rief: »Kompanie vor dem Gebäude antreten!«, hatte ich noch meine Turnschuhe an.

Also hastete ich, schon vor Übungsbeginn völlig fertig, auf meine Stube, wo mein Kollege gerade dabei war, den Rucksack anzulegen und zum Antreten zu eilen. Mit der Bemerkung: »Die wissen ja, dass du später kommst.«, verließ er das Zimmer und rief mir von draußen zu, ich solle das Radio ausschalten und die Tür zuschließen.

Nachdem ich die Kampfstiefel, das Koppel mit Koppeltragegestell, die ABC-Schutzmaske, den Rucksack, die Handschuhe und den Stahlhelm angezogen hatte und das Antreten fast schon beendet war, trat ich aus dem Zimmer, schloss es ab und hangelte mich mit den mich umgebenden Ausrüstungsgegenständen die Treppe hinunter. Froh, es fast geschafft zu haben, fiel mir das noch eingeschaltete Radio ein. Also hechelte ich die Treppe wieder hinauf, schloss fluchend die Zimmertüre auf und zog der Sicherheit halber den Stecker, welcher sich gleich neben der Tür befand, aus dem Verteilerstück. Mir war so, als hörte ich, dass die Musik aus dem alten Röhrenradio allmählich an Lautstärke verlöre. Mit diesem Gedanken sollte ich mich zu einem späteren Zeitpunkt in einer äußerst leidvollen Situation wieder befassen. Als ich zum Antreten kam, war niemand mehr da, bei welchem ich mich hätte verspätet melden können. .Auf meinem Weg zu den, in Richtung Kasernenausgang marschbereit aufgestellten Fahrzeugen, begegnete mir der Spieß, der mich mit der Bemerkung »auch schon soweit« wieder etwas aufbaute.

Der Schirrmeister, Hauptfeldwebel Poth, übergab jedem Beifahrer (so einer war ich in einem LKW 5to auch) einen Zettel. Auf diesem waren - militärisch übersichtlich - die Zeiten der technischen Halte, der Rast und der Ankunft in Schwarzenborn aufgeführt. Es kam der Befehl »Kfz-Marsch!« und wir verließen als Marschkolonne die Kaserne Richtung Übungsplatz. Unsere Marschdisziplin wurde auf das Penibelste überwacht. Immer wieder sahen wir den Bataillonskommandeur mit einem Kompaniechef irgendwo am Straßenrand stehen, die darauf achteten, dass die Abstände der Fahrzeuge stimmten, der Anzug korrekt war und die Seitenteile der Fahrzeuge ausgebaut waren (Sonst hätten wir es ja warm und gemütlich gehabt).

Nach etwa 90-minütiger Fahrt kam der erste »Technische Halt«. Wir überprüften die Fahrzeuge gemäß Vorschrift und fuhren nach etwa 15-minütigem Aufenthalt weiter.

Nach etwa einer weiteren Stunde Fahrt fing meine Blase allmählich an zu rebellieren, ich musste dringend aufs Klo.

Ein Blick auf meinen Marschzettel verriet mir, wir mussten jeden Moment am nächsten technischen Halt Station machen. Dass man diesen kurzerhand (aus welchen Gründen auch immer) gestrichen hatte, teilte man mir zu einem späteren Zeitpunkt mit.

Das Volumen meiner Blase war bis aufs Letzte ausgereizt. Ich rutschte auf meinem unbequemen Sitz unentwegt hin und her und teilte meinem Fahrer, dem Gefreiten Kiefer, mein Leid mit. Er machte mir die abenteuerlichsten Vorschläge, indem er mir den Helm und auch die Schutzmaskentasche als Auffangbehältnis nannte. Es würde ihm auch nichts ausmachen, wenn es etwas nach Urin riechen würde. Ich sah nach draußen und stellte fest, dass wir auf der Autobahn einen ausgedehnten Rechtsbogen fuhren. Es ging leicht bergauf und auf meiner, also auf der Beifahrerseite, befand sich eine ausgeprägte, nicht bepflanzte Wiesenkuppe. Es war ungewöhnlich wenig Verkehr. Die Voraussetzung für das, an welches ich in ausgeglichenem Zustand nicht einmal im Traum gedacht hätte, war famos.

Ich stand, soweit das möglich war, auf, öffnete mit der linken Hand die Tür und mit der rechten die Hose, befahl dem Gefreiten Kiefer bis zu seinem Ableben zu schweigen und gab meinem Drang freien Lauf.

Ich verspürte noch nicht die geringste Entlastung, als zu meinem Schreck auf der Spitze der Wiesenkuppe zwei Gestalten zu erkennen waren. Dieser Schreck eskalierte sogleich in einen Schockzustand, als ich wahrnahm, dass es sich bei diesen beiden um den Kommandeur und meinen Kompaniechef handelte. Sie tätigten die besagte Marschüberwachung. Das Wasser plätscherte, durch den Fahrtwind bedingt, an die hintere Fahrzeugplane und trotz aller Umstände war es mir nicht möglich, meinem Drang Einhalt zu gebieten.

Als wir uns Auge in Auge gegenüber waren, überlegte ich kurz, durch militärischen Gruß die Situation evtl. etwas zu entschärfen, verwarf jedoch im gleichen Moment diesen Gedanken. So wurde ich in urinierender Weise an meinen beiden höchsten Vorgesetzten vorbeigefahren und was mir blieb, war die Hoffnung, unerkannt geblieben zu sein, doch wie ich später feststellen sollte, war das nicht der Fall.

Als wir Rast einlegten, wurde ich zunächst von meinem Chef und danach, in besonders scharfer Weise, vom Kommandeur über mein verwerfliches Verhalten belehrt.

Die weitere Fahrt verlief ohne Zwischenfälle. Am späten Nachmittag kamen wir in Schwarzenborn an. Als unsere Fahrzeuge abgeladen und die Zimmer eingerichtet waren, begaben wir uns in die ansässige Kantine, wo ich im Kreis meiner Kameraden mein Marscherlebnis zum Besten gab. Selten zuvor hatte ich meine Kumpels so ausgelassen gesehen, sie schrien förmlich vor Begeisterung und immer dann, wenn sie mich in der Folgezeit irgendwo trafen, kam eine Bemerkung mit ausgeprägtem Lachen. Dass diese Übung für mich unter keinem guten Stern stand, war mir klar, aber dass es so schlimm kam, konnte ich nicht ahnen.

In den nächsten Tagen absolvierten wir unsere schulmäßigen Übungen mit Gewehr, Pistole und Maschinengewehr, bis dann unser erstes großes Gefechtsschießen anstand. Es war ein Gruppengefechtsschießen, während dessen Ablauf die Kampf-gemeinschaft, bestehend aus acht Soldaten und einem Unterführer, unter Ausnutzung natürlich vorhandener Deckungen verschiedenartige Ziele (Pappscheiben) mit Gewehr G3 bekämpfen musste. Am Vormittag absolvierten fünf Gruppen diese Kampfbahn und der Führer der sechsten Gruppe war ich.

Gerade war der Essenwagen angekommen, der Kompanie- Chef unterbrach das Schießen und ordnete Essenempfang an. Nun war zwar jeder Soldat im Besitz eines metallenen Koch-geschirrs, doch den meisten war dieses Geschirr zu umständlich zu reinigen, zu unpraktisch in der Handhabung oder auch zu unhygienisch, was dazu führte, dass der Einzelne seinen eigenen Teller, die Tasse und das Besteck aus Plastik dabei hatte. Der Chef war nicht mehr anwesend, also empfingen wir mit unseren bunten Utensilien unser Mittagessen. Ich hatte mich beim Kauf für das Modell »Knallgelb« entschieden.

Ich befand mich vor einem Führungsfahrzeug (VW-Kübel) - Teller und Tasse standen auf der Motorhaube – und hatte gerade damit begonnen, meinem leeren Magen etwas Lauwarmes zuzuführen, als  die schrecklich hohe Stimme meines Spießes zu vernehmen war: »Feldwebel Holzer, sofort zu mir!«. Ich ließ mein Essen dort wo es war, lief in die Richtung, aus der die Stimme kam und meldete mich wie befohlen, worauf er mir aufgeregt mitteilte, ich solle mich mit meinen Soldaten sofort fertigmachen, denn der Kommandeur wäre gekommen, um sich einen Eindruck zu verschaffen. Ich lief fluchend zu meinem gefüllten Teller, leerte den Inhalt in eines der bereitgestellten Abfallbehältnisse und fragte mich, warum ausgerechnet ich der Führer der sechsten Gruppe war. Da mir in der Eile nicht einfiel, was mit meinem Plastikgeschirr geschehen soll, nahm ich kurzerhand meine ABC-Schutzmaske aus der Maskentasche, legte sie im Fahrzeug auf den Beifahrersitz und stopfte Teller, Tasse und Besteck dorthin, wo vorher die Maske war.

Dann begab ich mich mit aufgesetztem Helm, Gewehr und umgehängter Maskentasche (mit verbotenem Inhalt) zu meinen Soldaten, empfing die Munition und begab mich zur Startlinie.

»Das Rennen« wurde eröffnet und schon nach kurzer Zeit bemerkte ich den Kommandeur, der sich im rückwärtigen Bereich den Einsatz ansah. Unser gefechtsmäßiges Verhalten schien ihm zu gefallen, denn er ließ unserem Tun freien Lauf. Immer wieder ließ ich mir Munitionsmeldungen durchgeben, wobei der an der linken Flanke eingesetzte Soldat seine Anzahl an Patronen an den nächsten weitergab, jener seine hinzu addierte, das Ergebnis weitergab, bis mir schließlich die Meldung des Gesamtvorrates zugerufen wurde.

Mittlerweile befand sich der Kommandeur auf meiner Höhe. Ich erinnerte mich an meine urinierende Kfz-Marsch-Einlage und schwor mir, durch eine besonders gelungene Vorführung »Wiedergutmachung«. Wir befanden uns fast auf der Kuppe des leicht ansteigenden Geländes. Vor unbewachsenem Vordergrund befanden sich die letzten Ziele in Form noch abgeklappter Pappscheiben. Um diese gefechtsmäßig zu bekämpfen, mussten wir, aufgrund fehlender natürlicher Deckung, uns auf einer Linie auf dem Boden robbend weiterbewegen, was wir dann auf meinen Befehl hin auch taten. Die Scheiben wurden hochgeklappt und wir bekämpften mit Feuerstößen die Ziele. Die Scheiben wurden abgeklappt und wir robbten weiter nach vorn.

Während meines Kriechvorganges blieb ich mit meiner Maskentasche an einem, aus dem Boden ragenden, kleinen spitzen Stein hängen. Mit einem kräftigen Ruck gelang es mir zwar, meine Bewegung nach vorn fortzusetzen, doch hatte sich - was mir schlagartig das Blut zu Kopfe steigen ließ - meine Schutzmaskentasche geöffnet.

Der Kommandeur schritt langsamen Trittes, die Hände auf dem Rücken gekreuzt, neben mir. Die Scheiben wurden wieder hochgeklappt, auf meinen Befehl »Feuer!« wiederholt bekämpft und dann wieder abgeklappt.

Wir bewegten uns kriechend weiter nach vorn und dann geschah das, was meinen Vorsatz zur »Wiedergutmachung« schlagartig zunichte machte. Der Plastikteller schob sich langsam aber unaufhörlich aus der Tasche und lag auf freier Pläne, es folgte die Tasse und schließlich das Besteck. Am liebsten wäre ich bis zum Abend weiter gerobbt, doch die Ziele waren bekämpft und das Rennen beendet. Ich stand mit hochrotem Kopf auf, meldete dem Kommandeur das Ende des Gefechtsschießens, sammelte beim Zurückgehen meine Unglück bringenden Utensilien auf und verstaute sie dort, wo sie eigentlich hätten bleiben sollen - in meiner Maskentasche. Der Kommandeur hatte meine Meldung entgegengenommen, sagte zu dem peinlichen Vorfall zunächst kein Wort und begab sich in gebotenem Abstand gemeinsam mit uns zurück zur Ausgangslage. Dort ließ er alle anwesenden Unterführer (es waren sehr viele) einen Halbkreis bilden und mir war klar, dass nun die Früchte meiner Saat geerntet werden. Er zitierte mich nach vorn und befahl mir, meine Maskentasche zu öffnen. Dann sagte er zu den anwesenden Unterführern, dass er ihnen nun zeigen werde, was ein Feldwebel der Bundeswehr beim Gefechtsschießen in seiner Schutzmaskentasche mitzuführen pflegt. Mit weit geöffneter Tasche musste ich die Front der erwartungsfroh Stehenden abgehen und den Inhalt präsentieren. Für mich eine sehr schmerzhafte Erfahrung. Da es ausnahmslos mehr oder weniger gute Freunde von mir waren, blieben geflüsterte, hämische Bemerkungen nicht aus. Bei einer besonders gelungenen musste ich selbst lachen, was den Zorn des Kommandeurs ins Unermessliche steigern ließ und mir war bewusst, jetzt habe ich es mir ganz und gar bei ihm verdorben. So endete der Tag für mich in der Überzeugung, dass es auf dieser Übung keine Steigerung meiner Pechsträhne geben könne- doch ich sollte eines Besseren belehrt werden.

Der Übungsplatzaufenthalt war so gut wie vorbei, die Stimmung stieg in Erwartung der baldigen Rückreise von Stunde zu Stunde. Am Tag vor dem geplanten Rückmarsch wurden alle Unterführer unserer Kompanie zu einer abendlichen Besprechung befohlen. Zunächst einmal wurde durch den Kompaniechef festgelegt, dass alle STAN-mäßigen (STAN = Stellen und Ausrüstung-Nachweis) Pistolenträger - so einer war ich - zusätzlich ein Gewehr G 3 zu empfangen und beim Rückmarsch mit zu führen haben, um dem Verladen dieser Waffen bei ohnehin geringer Ladekapazität vorzubeugen. Die zusätzlich empfangenen Gewehre sollten ausnahmsweise bis zur Abfahrt am Morgen im eigenen Spind eingeschlossen werden.

Danach wurde ich namentlich dazu bestimmt, mit acht Soldaten die Marschstrecke auszuschildern (Ausschilderungskommando). Mir wurden zwei 1,5 t Unimog, jeweils mit angehängter 20 mm-Feldkanone zugeteilt, danach wurde ich gemäß einer Karte in die Marschstrecke eingewiesen und bekam den Auftrag, beim Spieß der 1.Kompanie eine Kiste mit diversen Ausschilderungsmaterialien zu empfangen. Bei der Übernahme dieser Kiste machte mich der Hauptfeldwebel darauf aufmerksam, dass die Beleuchtung einer Winkerkelle - dabei zeigte er mir diese - nicht funktionieren würde und sie erst bei Tageslicht zur Ausschilderung ausgegeben werden soll. Wir verpackten diese Kelle ganz unten, um jedem Fehlgriff vorzubeugen.

Ich empfing mein zusätzliches Gewehr, schloss es in meinen Spind ein, hing mit meinem zugeteilten Kommando die Feldkanonen 20mm an die beiden Unimog und führte mit meinen Soldaten ein ausgiebiges Einweisungsgespräch, um allen Unklarheiten im Vorhinein zu begegnen.

In der Praxis sollte diese Ausschilderung folgendermaßen aussehen: Das erste Fahrzeug fährt als Vorkommando circa 30 Minuten vor dem Bataillon - bestehend aus drei Kompanien - los. Auf diesem Fahrzeug, dessen Führer ich als Verantwortlicher bin, befinden sich auf der Ladefläche die acht

Soldaten, welche bei Bedarf (Autobahnauffahrt, Abzweigungen usw.) mit entsprechendem Material Orientierungshilfe für die nachfolgende Marschkolonne geben. Diese Soldaten werden also abgesetzt, tätigen ihre Einweisung und werden vom zweiten Unimog, der sich am Ende der Kolonne befindet, wieder mitgenommen. Bei einer Rast steigen sie wieder auf den ersten Unimog auf, um dann den zweiten Teil der Marschstrecke auszuschildern. Zusätzlich zu den »ausgesetzten« Soldaten kommen an gut überschaubaren Stellen diverse Hinweisschilder zum Einsatz, welche ebenfalls vom nachfolgenden Unimog wieder eingesammelt werden.

30 Minuten vor der geplanten Abfahrt des Bataillon begab ich mich am anderen Morgen mit meinen acht Soldaten und dem Kraftfahrer zum Fahrzeug. Meine Kiste mit dem Ausschilderungssatz war bereits aufgeladen. Das Fahrzeug wurde nach Fristenheft geprüft und für gut befunden. Als wir dann losfuhren, war es noch stockdunkel. Wir verließen die Kaserne und kamen nach kurzer Fahrzeit (circa 10 Minuten) an die Autobahnauffahrt. Ich ließ halten, befahl einem Soldaten abzusitzen, überreichte ihm eine Winkerkelle mit eingebauter Beleuchtung und gab ihm den Auftrag, die nachfolgende Marschkolonne auf die Autobahn zu lotsen. Diese Marschkolonne bestand aus drei Marscheinheiten. Zuerst meine eigene Kompanie, die ABC Abwehr Kompanie 12, dann - im Abstand von 5min. - die 1.Kompanie und dann - weitere 5min. später - die 2.Kompanie des ABC Abwehr Bataillons 900. Ich setzte mich wieder in das Fahrzeug und fuhr auf die Autobahn in der Überzeugung, bisher alles richtig gemacht zu haben.

Unsere Fahrzeit betrug etwa 30 Minuten, als ich meinen Blick zufällig auf meinen Kraftfahrer, einem Gefreiten namens Kiefer, richtete. Dabei fiel mir sein - in einer Halterung arretiertes – Gewehr G 3 auf. Es durchzuckte mich wie ein Blitz, denn sogleich fiel mir ein, dass ich mein zusätzlich zu meiner Pistole empfangenes Gewehr im Spind auf dem Truppenübungsplatz vergessen hatte. Was sollte nun geschehen? Ich hatte die »Braut des Soldaten« im Stich gelassen, ich, Feldwebel und Vorgesetzter hatte das getan, was jedem Landser zum Spott gereichen würde.

Ich versuchte ganz ruhig zu bleiben, denn mein Kraftfahrer sollte nichts merken, überlegte, analysierte, malte mir die Folgen meiner Tat in den schrecklichsten Szenerien aus und war, wie schon so oft in meiner militärischen Laufbahn, ganz unten in der Sackgasse.

Als ich so in Gedanken vertieft dasaß, meldete mir plötzlich mein Kraftfahrer ganz aufgeregt, dass seine Kupplung nicht mehr funktionieren würde. Mir war bekannt, dass es bei Fahrzeugen dieser Art hin und wieder zu einem selbständigen Lösen der Kupplungskette kam. Also ordnete ich an, weiterzufahren und begab mich in tiefster Position zu seinem Pedal, um zu versuchen, den Schaden zu beheben. Bis zu meiner Feststellung, dass meine eingeschränkten Fähigkeiten überfordert waren, vergingen einige Minuten, dann tauchte ich aus der Versenkung wieder auf.

Ich orientierte mich wo wir waren, fragte den Fahrer, ob wir in den vergangenen Minuten an einer Tankstelle vorbeigefahren wären, was er bejahte, und ich wusste, wir waren an der Ausfahrt vorbei, wo wir eigentlich hätten abfahren und einen Einweisungsposten positionieren müssen. Jetzt quälten mich drei Probleme:

1) Mein Gewehr stand im Spind auf dem Truppenübungsplatz.
2) Mein Unimog war defekt.
3) Wir waren an einer entscheidenden Abfahrt vorbeigefahren und es bestand die Möglichkeit, dass das gesamte Bataillon hinter uns fehlgeleitet wird.

Ich versuchte angesichts der Welt, welche über mir zusammenbrach, nicht die Nerven zu verlieren und überlegte angestrengt, was in dieser Situation zu tun war, um den Schaden so gering wie möglich zu halten. Mir fiel ein Hinweisschild auf, das eine kommende Ausfahrt ankündigte und befahl meinem Fahrer, die Autobahn zu verlassen. Wir fuhren ab und kamen nach etwa 100 Meter an eine Kreuzung. Dort ließ ich meine Mannschaft absitzen und gab einem von ihnen den Auftrag, mit Winkerkelle die Autobahnausfahrt zu kontrollieren, um sicherzustellen, dass spätestens dort das Bataillon aufgehalten wird.

Dem Kraftfahrer ordnete ich an, die gelbe Flagge am Fahrzeug anzubringen, welche den Defekt nach außen hin sichtbar machte.

Wir standen etwa 30 - 40 Minuten, als von einer quer verlaufenden Straße ein VW-Kübel auf uns zukam. OFw Ernst, ein guter Freund aus der ersten Kompanie, erkannte ich als Fahrer. Er hielt bei mir an, sprang aufgeregt aus seinem Fahrzeug und rief mir zu, ich solle mich sofort beim Kommandeur melden. Ich stieg bei ihm ein und ließ mich (mit schlechtem Gewissen) chauffieren. Als ich mich beim Kommandeur meldete, war dieser völlig außer sich. Er schrie mich förmlich an und fragte, wer denn auf die Idee gekommen sei, eine so verantwortungsvolle Aufgabe mir zu übertragen. Der erste Einweisungsposten, der bei Dunkelheit an der Autobahnauffahrt eingesetzt war, hätte mit defekter Winkerkelle dagestanden und die Ausfahrt zum jetzt durchgeführten technischen Halt wäre noch nicht einmal durch einen Posten besetzt gewesen.

Nun war klar, dass ich die einzige defekte Winkerkelle, die doch extra so tief unten in der Kiste verstaut war, dem Einweisungsposten gegeben hatte, der so dringend eine beleuchtete gebraucht hätte.

Ich meldete den Defekt an meinem Fahrzeug und schilderte dem Kommandeur, durch welch unglaublichen Umstand meinerseits die Ausfahrt verpasst wurde. Er befahl mir, mich zu meinem Fahrzeug zu begeben. Meine Soldaten, außer dem Kraftfahrer, sollten sich zu Fuß beim Führer des zweiten Unimog melden, damit dieser mit ihnen die restliche Strecke alleine ausschildere. Auf den Einsatz von Personal sollte ab sofort aufgrund des ausgefallenen Kfz verzichtet werden. Dann sagte er mir, er würde einen Kranwagen zu mir beordern, welcher mich in Schlepp nehmen würde. Ich meldete mich ab und begab mich zu meinem Fahrzeug. Dort stand ich nun und wartete auf den Kran. Ich registrierte von weitem, das Herannahen des ersten Fahrzeugs. Am taktischen Zeichen war bald erkennbar, dass es ein Fahrzeug meiner Kompanie - der ABC Abwehr Kp 12 - war. Nachdem die Fahrzeuge meiner Einheit alle durchgefahren waren, näherte sich das - aus taktischen Gründen - letzte Fahr zeug, der Kranwagen. An meinem Kraftfahrzeug war, wie bereits erwähnt, »gelb« gehisst, also »ausgefallen«. Mein vermeintlicher Helfer näherte sich mit eingeschalteter »Rundumleuchte« und – für mich unfassbar - fuhr an mir vorbei, ohne mich eines Blickes zu würdigen. Es war der Kran meiner Kompanie, also musste es normalerweise auch der Kran sein, der den Auftrag hatte, mich abzuschleppen. Erneut fiel ich in ein tiefes, depressives Loch, klammerte mich aber an die Hoffnung, der Kranwagen der 2. Kompanie hätte, warum auch immer, den Auftrag bekommen, sich um mich zu kümmern.

Es vergingen etwa fünf Minuten. bevor die zweite Marscheinheit, die 1. Kompanie, vorbeifuhr. Dann folgte in einem Abstand von weiteren fünf Minuten die 2. Kompanie und – der andere Kran. Er näherte sich, ich machte mit Handzeichen auf mich aufmerksam, bekam vom Fahrer des Vehikels ein freundliches Lächeln und eine grüßende Handbewegung gesendet und- er fuhr weiter .Nun stand ich da und musste feststellen, dass die Anzahl meiner Probleme stagnierte.

1) Mein Gewehr stand im Spind.
2) Mein Unimog war defekt.
3) Ich stand da mit meinem Fahrer und einem kaputten Fahrzeug und wusste nicht, was nun geschehen sollte.

Was ich wusste war, dass ich auf keinen Fall mein Fahrzeug unbewacht lassen durfte, denn es war ja eine Feldkanone angehängt. Also harrte ich der Dinge und hoffte auf eine Eingebung oder auf ein Wunder.

Ob es purer Zufall oder das Werk des Allmächtigen war, vermag ich nicht zu beurteilen, aber nach einer etwa halbstündigen Standzeit kam wiederum aus derselben Richtung wie zuvor ein Kübelwagen gefahren. Zuerst dachte ich, dass man mittlerweile das Versäumnis, mich in Schlepp zu nehmen, bemerkt habe, doch als das Kraftfahrzeug näher kam, war zu erkennen, dass es Feldjäger eines mir unbekannten Bataillons waren.

Sie hielten an, stiegen aus und fragten, was mit dem Fahrzeug los sei. Ich schilderte ihnen den Defekt und bejahte die Frage, ob mein Fahrzeug noch bedingt fahrtauglich wäre. Sie boten mir an, mich zu einem in der Nähe stationierten Instandsetzungsbataillon zu begleiten, was ich dankend annahm.

Mein Kraftfahrer startete mit eingelegtem Gang das Fahrzeug und wir fuhren in demselben langsam und in Begleitung der Feldjäger zu der besagten Einheit.

Auf dem Weg dorthin waren meine Gedanken bei meinem einsamen Gewehr mit dem Bemühen, mir einen Plan bezüglich meines weiteren Vorgehens zu machen. Mein Entschluss war, in der Kaserne zunächst einmal auf dem Truppenübungsplatz anzurufen und mich nach meiner Waffe zu erkundigen.

Nachdem wir angekommen waren und wir uns bei den Helfern bedankt hatten, machte ich mich auf die Suche nach einer Telefonzelle, rief auf dem Übungsplatz an und hatte einen Feldwebel unserer Kompanie an der Strippe. Ich schilderte ihm mein Begehren und war erleichtert, als er mir mitteilte, dass der stellvertretende Kompaniechef, Oberleutnant Cubenko meine Waffe bei der Übergabe der Unterkünfte gefunden und an sich genommen hätte. Ich hatte mit dem erwähnten Oberleutnant ein gutes Verhältnis und war sicher, dass er »dicht« halten würde. Frohen Mutes und in der Hoffnung, nun werde sich alles zum Guten wenden, begab ich mich zu meinem Unimog und fuhr in erwähnter Art zum Instandsetzungsbataillon.

Mittlerweile war es Mittag und mir war klar, dass eine Hilfeleistung aufgrund der üblichen Pause noch länger auf sich warten lassen werde.

Wir kamen an eine große Halle mit mächtigen Toren. Das taktische Zeichen verriet mir, dass es sich um eine Einrichtung der gesuchten Einheit handelte. Alle Türen und Tore waren zu, trotzdem ließ ich anhalten, stieg aus und versuchte, eine Türe nach der anderen zu öffnen- alle waren verschlossen.

Ich wollte gerade wieder einsteigen, als ein lautes Gelächter vom Inneren der Halle zu vernehmen war, also musste jemand da sein. Ich schritt nochmals die Hallentore ab und sah auf einer Türe »Sozialraum« stehen. Sie war nicht verschlossen, also trat ich ein. Jetzt konnte man auch - in der großen Halle stehend - Gespräche wahrnehmen. Ich ging den Stimmen nach und stand nach kurzer Zeit vor einer weiteren Tür, klopfte an, öffnete sie und trat freundlich grüßend ein. Man schaute mich an und einer der mit ziviler Arbeitsmontur bekleideten Herren mittleren Alters fragte mich nach meinem Anliegen. Ich erzählte in

knapper Form vom Geschehen und erlebte sogleich eine Hilfsbereitschaft, welche mir bis zum heutigen Tag nirgendwo mehr
vorkam.

Ich muss einen jämmerlichen Eindruck gemacht haben, denn die
Männer waren beim »Doppelkopf- Spiel« und wer es jemals
gespielt hat weiß, wie schwer es ist, damit aufzuhören. Sie
öffneten ein Tor und ordneten an, das Fahrzeug auf die Grube zu
fahren. Mein Fahrer hängte die Kanone ab und fuhr in Position.

Es dauerte etwa eine Stunde, bis aus »der Tiefe« das erlösende
Wort »Fertig!« kam. Man erklärte mir auf anschauliche Art und
Weise, woran es gelegen hatte, ich nickte zustimmend, hatte
jedoch von dem, was sie sagten, nicht viel verstanden. Für mich
war nur das Wort »Fertig« wichtig.

Ich bedankte mich überschwenglich, gab ein ansehnliches
Trinkgeld und fuhr erleichtert von dannen.

Mir war klar, dass wir unsere Kompanie noch vor Eintreffen am
Ziel leicht einholen würden, denn wer je bei der Bundeswehr
einen Kfz-Marsch erlebt hat, kennt die Marschgeschwindigkeit
und die Anzahl der technischen Halte. Nach etwa einer halben
Stunde Fahrzeit fuhren wir von der Autobahn ab, denn hier war
der nächste technische Halt vorgesehen und ich wollte ganz
sicher gehen, meine Einheit nicht zu verpassen.

Als wir von der Autobahn in einer scharfen Rechtskurve
abfuhren und mein Blick den rechten Außenspiegel fixierte
bedrückte mich das Gefühl, als wäre irgend etwas anders wie es
immer gewesen war. Dann durchzuckte es mich wie ein Blitz
und ich wollte nicht glauben, was ganz sicher war. Ich vermisste
das in Kurven äußerst dominant erscheinende Rohr der
Feldkanone. Ich konnte nicht so tun als sei nichts, wir mussten
zurück. Also fragte ich mit ruhiger Stimme den Fahrer, ob er
nicht irgend etwas an seinem Fahrzeug vermisse. Er schaute
mich fragend an und schüttelte den Kopf. Mir wurde bewusst,
dass auch er nicht seinen besten Tag hatte und so klärte ich ihn
auf.

Wir fuhren zurück und hängten - von hämischen Bemerkungen
umrahmt - unsere Feldkanone an und machten uns wieder auf
den Weg. Wir befanden uns auf der Autobahn, waren etwa eine
Stunde unterwegs, als uns auf der Gegenfahrbahn ein Kran-

wagen mit eingeschalteter Rundumleuchte entgegen kam. Ich erkannte ihn als Fahrzeug meiner Kompanie. Man hatte, so erfuhr ich später, bei einer weiteren Rast das Versäumnis, mich in Schlepp zu nehmen bemerkt, und ihn zurückbeordert. Er sollte erst spät in der Nacht im »Heimathafen« einlaufen.

Trotz aller Hemmnisse überholten wir etwa zehn Kilometer vor dem Ziel das Bataillon und kamen als erste in der Kaserne an.

Ich fuhr vor das Kompaniegebäude und begab mich, von diesem Tag schmerzlich geprägt und mit persönlicher Ausrüstung beladen, in die Unterkunft. Ich schloss die Tür meines Zimmers auf und öffnete sie. Ein unbeschreiblich fauler Geruch stach mir in die Nase, umrahmt von einer lieblichen Melodie, welche aus dem - meiner Meinung nach - ausgeschalteten Radio kam. Ich schaltete das Licht an und ging dem Geruch nach. Mein Weg endete am Aquarium meines Freundes. Ich hatte beim damaligen Verlassen des Zimmers die Stecker verwechselt, hatte die Pumpe stromlos gemacht und somit alle Fische meines Freundes qualvoll »um die Ecke« gebracht. Die Reste von dem, was einst der ganze Stolz meines Stubenkollegen war, trieben zu sanfter Musik auf der Oberfläche des Wassers.

Ich hatte ein weiteres großes Problem: Wie um alles in der Welt sollte ich das meinem besten Freund beibringen? Wie würde er reagieren? Wie konnte ich das Geschehene ungeschehen machen? So dastehend und die möglichen Folgen meiner Tat analysierend, vernahm ich den Ruf des Unteroffiziers vom Dienst: »Feldwebel Holzer zum Chef!«

Mir war klar, dass es kein freundschaftlicher Plausch werden würde, begab mich - innerlich zerrüttet - auf das Geschäftszimmer und meldete mich beim Spieß an. Er sagte, dass der Chef ziemlich sauer sei und ich mich auf etwas gefasst machen könnte. Er klopfte an dessen Türe, trat ein und meldete mich an.

Ich atmete tief durch, betrat das Zimmer, erklärte meinem Chef in ruhigster Art, unglaublich viel Mist gebaut zu haben, jede Art von Bestrafung zu akzeptieren und dass mir alles einfach nur Leid täte. In mir keimte das Bedürfnis, ihm alles, auch das, was er nicht wissen konnte, mitzuteilen. Vielleicht brauchte ich einfach nur etwas Mitleid. Also erzählte ich ihm von meinem vergessenen Gewehr, der stehengelassenen Feldkanone, den toten Fischen und der sanften Musik.

Er zog aufgeregt an seiner Zigarette, schritt auf mich zu und machte etwas, was ich von ihm nie erwartet hätte. Er klopfte mir auf die Schulter und sagte, ich solle meine Sachen packen und nach Hause fahren, aber aufpassen, dass ich beim Verlassen des Gebäudes nicht die Treppe runterfalle.

Ich meldete mich ab und begab mich langsam und nachdenklich auf meine Stube. Mein Freund Rolf Henning saß mit halb geöffnetem Mund vor seinem Aquarium und irgendwie machte es den Anschein, als wolle er seinen Fischen neues Leben einhauchen. Ich räusperte mich, er drehte den Kopf zu mir und sah mich flehend an. Nun war ich an der Reihe, einem Menschen auf die Schulter zu klopfen. Also tat ich es und versicherte ihm, seinen finanziellen Schaden ganz und gar zu tragen.

Er erklärte mir mit sanfter Stimme, dass es ihm nicht ums Finanzielle ginge, sondern, dass er zu den Fischen eine innere Beziehung aufgebaut hätte, welche durch Geld nicht zu ersetzen sei. Ich konnte es zwar nicht verstehen, nickte aber zustimmend und fuhr nach Hause.

Unserer Freundschaft hatte dieser Vorfall keinen Abbruch getan - ganz im Gegenteil. Nachdem einige Wochen vergangen waren, machte auch er unter dem Gelächter anderer Kameraden seine witzigen Bemerkungen zum Geschehen.

Und bei entsprechenden Anlässen baten mich meine Freunde immer wieder, meinen ruhmvollen Einsatz »zum Besten« zu geben. Es dauerte allerdings sehr lange, bis auch ich mich darüber amüsieren konnte.

# Die Flaggenparade

Am 1. Juni 1976 wurde ich zum Feldwebel befördert. Ab diesem Zeitpunkt fiel mein Blick, von einer gewissen inneren Unruhe und Spannung geprägt, mehrmals täglich auf die geplante Offizier vom Wachdienst (OvWa) Einteilung, war mir doch klar, dass es nur eine Frage der Zeit sein würde, bis mein Name dort erstmals erscheinen sollte. Dann war es soweit! Meine Premiere als stellvertretender OvWa war vom 06.07. auf den 07.07.1976 vorgesehen. Neben einem gewissen Oberfeldwebel Brust, dessen Stellvertreter ich sein sollte, war mein Name aufgeführt. Dieser besagte OFw war ein überaus erfahrener Dienstgrad, etwas pummelig und gemütlich, manchmal auch zur Trägheit neigend, jemand, der es mit Vorschriften und Befehlen nie so genau hielt, mit dem man aber in aller Regel prima auskam.

Um diesem besonderen Dienst gewachsen zu sein, war es zunächst mein Bestreben, vorhandene Kenntnisse im Bereich des Wachdienstes durch intensives Eigenstudium aufzufrischen. Am 06.07. übernahmen wir um 17 Uhr von unseren Vorgängern den Dienst und mein diensthabender Kollege wies mich oberflächlich und meist nur auf Anfrage in Besonderheiten unseres Auftrages ein. Dabei teilte er mir beiläufig mit, um $18^{30}$ Uhr wäre die Belehrung des Wachpersonals vorgesehen und fügte hinzu, dass diese am zweckmäßigsten durch mich zu erfolgen habe. Meinen Hinweis, diese Belehrung dürfe nur vom OvWa persönlich durchgeführt werden, schlug er mit der Bemerkung, etwas Übung könnte mir nicht schaden, »in den Wind«. Wie gesagt war er ein Soldat, der es mit Vorschriften, Anweisungen und Befehlen nicht so genau nahm, das war allseits bekannt und irgendwie empfand ich sogar etwas stolz, dass er mir so eine Belehrung zutraute.

Pünktlich um $18^{30}$ Uhr rückte die Wachmannschaft mit dem Wachhabenden an und fand sich im Unterrichtsraum zwecks Belehrung ein. Er meldete mir militärisch korrekt die Vollzähligkeit und mit einem Gefühl der Überlegenheit und enormer

eigener Wertschätzung erfolgte mein Kommando »Rührt Euch!«
und die Erlaubnis, Platz zu nehmen.

Mein Vortrag sollte etwa 60 Minuten ausfüllen und so begann
ich mit einem allgemeinen Teil und einigen ausschweifenden
Beispielen, erklärte die Vorgehensweise beim Streifengang, das
vorschriftsmäßige Verhalten des Torpostens, den Ablauf einer
vorläufigen Festnahme, den Waffengebrauch und die Zeremonie
der Flaggenparade, nicht wissend, dass diese ein fragwürdiger
Glanzpunkt meines Dienstes werden sollte. Dann war endlich
die Stunde vorbei, der Wachhabende übernahm seine Soldaten
und machte sich auf den Weg, sein Wachlokal zu beziehen.
Erleichtert, meinen Auftrag zumindest erfüllt zu haben, begab
ich mich in mein Dienstzimmer, wo mein Kollege äußerst
zufrieden und langgestreckt auf dem Bett lag, um eine Fernseh-
sendung zu genießen.

Dann war es 20 Uhr und ausgedehnte Kontrollgänge standen an.
Während einer von uns beiden das Dienstzimmer besetzt hielt,
Telefonate abwickelte und Ansprechpartner bei Problemen
innerhalb der Kaserne war, machte sich der zweite mit Kraftfahrer und VW-Kübel auf den Weg, um außerhalb liegende
militärische Einrichtungen zu kontrollieren. Da diese weit
verstreut lagen, dauerte eine solche Kontrollfahrt gut eineinhalb
Stunden, so dass nach Rückankunft der in der Kaserne ver-
bliebene sich sofort wieder auf den gleichen Weg machen
musste, um die vorgeschriebenen Kontrollzeiten einzuhalten. So
wechselten wir uns in unserer Aufgabe ständig ab, bis dass der
Morgen kam und unsere Pflicht fast erfüllt war. Was noch
anstand, war das Hissen der Flagge.

Es war gegen 6$^{45}$ Uhr, als mich mein Kollege ansprach, er ginge
nun zum Frühstück und ich soll solange das Dienstzimmer
besetzt halten. Ich erinnerte ihn, dass er sich beeilen müsse, da
um 7 Uhr die Flaggenparade durchzuführen sei. Da er es, wie
schon erwähnt, mit Anweisungen und Befehlen nicht so genau
nahm, wiegelte er ab und meinte, diese Tätigkeit könne auch
von mir durchgeführt werden. Meinen Konter, die Vorschrift
sage etwas anderes aus, erwiderte er mit der Feststellung, ich als
junger Feldwebel müsse Erfahrung sammeln und dies wäre eine
ausgezeichnete Gelegenheit dazu. Die »höheren« Vorgesetzten,

so fügte er hinzu, kämen ohnehin erst nach $7^{30}$ Uhr, so dass es auch diesbezüglich keinerlei Probleme gäbe. Er klopfte mir anerkennend auf die Schulter und verließ frohgelaunt das Zimmer. Obwohl sich meinerseits eine gewisse Nervosität einstellte, erfüllte mich sein Vertrauen gleichsam mit einem gewissen Stolz, eine solch verantwortungsvolle Zeremonie durchführen zu dürfen. Wie habe ich in früheren Jahren immer die Autorität derer bewundert, welche die Flagge des Vaterlandes in gebührender Form hissen ließen, und nun sollte dies erstmals meine Aufgabe sein. Ich kam mir plötzlich ungemein wichtig vor!

Da es draußen regnerisch und kühl war, zog ich den Parka und die Handschuhe an, vervollständigte mein äußeres Erscheinungsbild mit Schutzmaskentasche, Koppeltragegestell und Helm, befahl telefonisch dem Wachhabenden, zwei Soldaten zur Flaggenparade abzuordern und machte mich, von patriotischer Arroganz geprägt, auf den Weg zum Ort des Geschehens. Auf meinem Gang zur Kaserneneinfahrt sah ich, dass zwei Soldaten das Wachlokal verließen und der vordere von ihnen die Flagge auf seinen im rechten Winkel nach vorne gestreckten Armen feierlich präsentierte. Noch mehr als zuvor wölbte sich meine Brust und in der Hoffnung, der ein oder andere würde mich auch wahrnehmen, war das Ziel erreicht.

Auf dem leicht erhöhten Betonsockel, mittig in der Kaserneneinfahrt stehend, den Blick frei geradeaus und das Einnehmen der Position meines Flaggenkommandos abwartend, gab ich mit feierlicher Stimme den Befehl zum Hissen der Flagge. Ein Soldat zog gebührend langsam dieselbe nach oben bis durch ein – für meine Empfindung zu frühes – metallenes Geräusch »das Ende der Fahnenstange« kundtat. Es erfolgte mein Befehl »Flaggenkommando rührt Euch, wegtreten!« und die Soldaten begaben sich zurück in das Wachlokal. Mit enormer innerer Genugtuung und noch stärker gewölbter Brust als zuvor, führte mich mein Weg zurück in mein Dienstzimmer.

Nachdem die Handschuhe, der Parka, das Koppeltragegestell, die Schutzmaskentasche und der Stahlhelm abgelegt waren, setzte ich mich zufrieden auf meinen Stuhl, um zu genießen, was soeben stattgefunden hat. Es klopfte an der Tür und auf meine Frage, wer da sei, antwortete eine mir bekannte Stimme: »Ich bin es, mach mal auf!« Es war der Oberfeldwebel Kasprzak, ein ungemein netter Mensch polnischer Abstammung, mit dem ich einen guten Kontakt pflegte. Sichtlich angespannt trat er ein und fragte mich, wer denn draußen die Flagge gehisst hätte, worauf ich ihm nicht ohne Stolz mitteilte, dass dies mein Werk sei. Stark gestikulierend teilte er mir mit, dass in der Nacht Gustav Heinemann – unser ehemaliger Bundespräsident – gestorben wäre und in so einem Fall die Flagge auf »Halbmast« gehisst werden müsse. Er war ein sehr erfahrener Soldat und weil das, was er sagte, überzeugend klang, rief ich beim wachhabenden Unteroffizier an, ließ mir den Tod von Gustav Heinemann bestätigen, zog Parka und Handschuhe an, legte mir Schutzmaskentasche und Koppeltragegestell über, setzte den Helm auf und begab mich aufs Neue auf den Weg zum Fahnenmast.

Meine Gedanken waren bei unserem ehemaligen Bundespräsidenten, einem international hoch angesehenen Staatsmann, einem Politiker ersten Ranges und ein aufrichtiger Mensch. Nun sollte mir die Ehre zuteil werden, an sein Gedenken »Trauerbeflaggung« in der Kaserne zu vollziehen.

Mit ernstem, von Mitgefühl geprägtem Gesicht und der Überzeugung, nun eine Handlung von staatstragender Bedeutung zu vollziehen, gab ich dem mittlerweile eingetroffenen Flaggenkommando den Befehl »Stillgestanden, holt nieder Flagge!«, worauf die Soldaten die Fahne ehrwürdig und langsam »nach unten« ließen. Dann folgte meine Anordnung »Hisst Flagge Halbmast« und, als wären sie sich der Bedeutung ihres Handelns bewusst, zogen die beiden Wachmänner äußerst feierlich die Flagge auf die befohlene Position. Nach dem entsprechenden Befehl begaben sie sich zurück in ihr Wachlokal, worauf auch ich in angemessener Haltung mein Dienstzimmer aufsuchte. Dort angekommen, legte ich die Handschuhe, das Koppeltragegestell, die Schutzmaskentasche, den Parka und den Stahlhelm ab und setzte mich, noch zufriedener als zuvor, auf meinen Stuhl.

Kurz darauf klopfte es an die Tür und auf meine Frage, wer da sei, meldete sich mein diensthabender Kollege, Oberfeldwebel

Brust. Er trat ein und unverzüglich teilte ich ihm mit, dass die Flagge auf »Halbmast« gehisst sei. Er fragte mich, wer das angeordnet hätte, worauf ich ihm erklärte, dass in der Nacht Gustav Heinemann gestorben sei und in so einem Falle »Halbmast« gehisst werden müsse. Mit unverhältnismäßig lauter Stimme gab er mir zu verstehen, vom Tod unseres früheren Präsidenten schon vor Stunden gehört zu haben, dass aber erst dann »Halbmast« gehisst werden dürfe, wenn dies »von oben« angeordnet wird und ich soll sofort wieder normal hissen, bevor es einer merkt. Auf sein nervöses Drängen hin, rief ich den Wachhabenden an und gab ihm kleinlaut zu verstehen, dass zwei Soldaten zum Flaggenmast kommen sollen, um die Flagge wieder normal zu hissen. Ich zog den Parka und die Handschuhe an, legte mir Schutzmaskentasche und Koppeltragegestell über, setzte den Helm auf und begab mich etwas verunsichert und der Tätigkeit abtrünnig zum Flaggenmast. Dort angekommen fiel mir auf, dass es mit der Motivation der beiden befohlenen Soldaten auch nicht mehr zum Besten bestellt war. Waren sie zuvor immer in soldatischer Haltung erschienen, so machten sie nun einen mehr oder weniger gelangweilten und demotivierten Eindruck auf mich. Aufgrund meiner momentanen Dienststellung und der nach wie vor ehrenhaften Handlung in Form einer Flaggenparade war es mein Bestreben, die beiden zur geistigen Umkehr zu bewegen und bei ihnen verlorengegangene Empfindungen aufs Neue zu wecken. Sie nahmen auf mein Geheiß eine akzeptable Haltung ein, ließen die Flagge auf mein Kommando herab und zogen sie in wenig feierlicher Art wieder dort hin, wo sie vor zehn Minuten schon einmal war, nämlich ganz nach oben.

Nachdenklich und mit gesenktem Kopf machte ich mich auf den Weg in das Dienstzimmer, meldete meinem Vorgesetzten »Vollzug«, legte die Handschuhe, das Koppeltragegestell, die Schutzmaskentasche, den Parka und den Helm ab und nahm, von den Vorfällen gezeichnet, auf meinem Stuhl Platz.

Das Telefon läutete und mein Kollege nahm den Hörer ab. An seinem Gesprächsstil war zu erkennen, dass ein Vorgesetzter am anderen Ende der Strippe sein musste, denn immer wieder sagte er »Jawohl«, einmal »Jawohl, Herr Oberstleutnant!« und mir war klar, es kann nur unser Bataillonskommandeur sein. Dann legte er den Hörer auf, wandte sich zu mir, sah mich mitleidig aber bestimmend an und sagte: »So, jetzt kannst du Halbmast flaggen!« Ich sagte ihm nicht, dass dies innerhalb einer halben Stunde mein vierter Gang zur Flaggenparade ist, dass mich dieser Weg zutiefst beschämt und ich am liebsten wieder Stabsunteroffizier wäre. Ich rief den Wachhabenden an, bat ihn um die Bereitstellung von zwei Soldaten zur Flaggenparade, zog den Parka und die Handschuhe an, hängte mir die Schutzmaskentasche und das Koppeltragegestell über, setzte den Helm auf mein müdes Haupt und begab mich – leicht vornübergeneigt – an den vertrauten Ort.

# VIERTES KAPITEL

## Wintersportfreuden

# Erstes Schifahren

Mit Wirkung zum 1. Januar 1980 wurde ich als »Soldat auf Zeit« auf eigenen Wunsch nach Sonthofen versetzt.

Obwohl mir die Trennung von allem heimischen Liebgewordenen nicht leicht fiel, überwog die Freude, in eine wunderschöne Gegend mit vielfältigen Möglichkeiten der Freizeitgestaltung umzusiedeln.

Auf meiner neuen Dienststelle lernte ich gute Kumpel und faire Vorgesetzte kennen. Mit einem Arbeitskollegen verband mich schon nach wenigen Tagen eine gute Freundschaft. Er hieß Hannes Bergner, war wie ich im Rang eines Oberfeldwebels und am Abend in mancher Kneipe mein Thekennachbar. Er sprach mich Mitte Januar während der Mittagspause an, ob ich nicht Lust hätte, am Wochenende mit nach Ischgl in Österreich zum Schifahren zu kommen. Wir würden mit einem Bus und anderen Schitouristen um vier Uhr morgens in Sonthofen abfahren und wären am Abend des gleichen Tages wieder daheim. Einschließlich der Schikarte würde das Vergnügen 50 DM kosten. Mit dem Hinweis, dass ich erstens noch nie in meinem Leben Schi gefahren bin und zweitens nicht über die erforderliche Ausrüstung verfüge, war es mein Bestreben, dieses Ansinnen im Keim zu ersticken. Doch er konterte, indem er mir mitteilte, ein anderer Arbeitskollege namens Fritz Bongartz möchte seine Ausrüstung verkaufen und das zu dem lächerlichen Preis von 150 DM. Ich gab zu bedenken, dass dieses vorgesehene Gebiet nicht unbedingt für Anfänger geeignet sei, worauf er mir glaubhaft versicherte, dass es völlig egal sei, wo man Schifahren lernt. Notgedrungen sah ich mir die Ausrüstung an und wegen des Umstandes, noch nie auf solchen Brettern gestanden zu haben, fiel mein Qualitätsurteil sehr positiv aus. Erst viel später erfuhr ich, dass diese Ausrüstung schon nach dem Ende des Zweiten Weltkrieges modern war. Die Schuhe waren äußerst umständlich zu handhaben, drückten und schmerzten auch an allen »Ecken und Kanten«, doch von der Größe waren sie akzeptabel und somit brauchte die Bindung nicht eingestellt zu werden. Sie verfügte über zwei Fangriemen, welche vor der Fahrt um die

Waden verschnürt werden mussten, um bei einem Sturz und eventuellem Lösen der Schi diese vor unkontrollierbarem Davonrutschen zu sichern.

Nach dem Hinweis meines Kameraden »Früher oder später musst du es lernen« entschied ich mich, das Abenteuer zu wagen. Am besagten Tag trafen wir uns am Bahnhof in Sonthofen und fuhren Punkt vier Uhr los.

Am Ziel angekommen, bestiegen wir eine recht große Gondel, in welcher für mich etwa 20 Quadratzentimeter Platz reserviert war. Aufgrund meiner Körpergröße blieb mir die Schönheit der winterlichen Landschaft verborgen, doch wegen der Dauer der Fahrt wusste ich, dass es ein sehr hoher Berg sein musste. Oben angekommen strömten die Leiber in fataler Hektik nach draußen und mir blieb nur die Hoffnung, das Schöne für mich würde nun beginnen. Also quälte ich mich mit meinem unhandlichen Gepäck nach draußen und stand nach wenigen Metern auf dem Gipfel eines Berges, dessen Gefälle nach allen Richtungen bedenkliche Prozente aufwies. Ich legte meine Schi auf den Boden, achtete darauf, dass die nach oben geschwungenen Spitzen in Fahrtrichtung zeigten und versuchte, den Schuh in der Bindung zu fixieren. Trotz aller Mühen und dem ganzen Vokabular der mir bekannten Schimpfwörter wollte es mir nicht gelingen und so hielt ich nach meinem Kameraden Hannes Ausschau, doch auch das blieb ohne Erfolg. Er war bereits abgefahren und ließ mich mit allen Zweifeln und Ängsten allein. Dann fiel mir ein älterer Herr auf, der mit im Bus gesessen hatte und ich fasste den Entschluss, mich ihm zu offenbaren. Ich ging – oder besser humpelte – auf ihn zu und erklärte ihm, dass ich heute das erste Mal beim Schifahren bin und keine Ahnung habe, wie die Schi mittels Bindung mit meinen Schuhen zu verbinden sind. Er runzelte die Stirn, schaute mich ungläubig an und versicherte mir, einen so »tollkühnen Hecht« wie mich noch nie getroffen zu haben. Väterlich legte er seine Hand auf meine Schulter und mit viel Mitleid im Ton erklärte er mir glaubhaft und mit wohlklingendem bayerischem Dialekt, dass der liebe Gott die kleinen Hügel für erste Fahrversuche dieser Art geschaffen hätte. Mit der Bemerkung »Do luag mol, wied ra kusch« (Dann schau mal, wie du runter kommst) verhalf er mir

mit begleitenden Erklärungen in die Bindung, wünschte mir
»Hals- und Beinbruch« und wedelte zu Tal.

Nun hatte ich die erste Phase meiner unzähligen Probleme
gemeistert und stand mit meinen überlang gewordenen Füßen
und schweißgetränkter Unterwäsche auf einem wunderschönen
Berg mit Blick ins Tal und wäre doch so froh gewesen, vom Tal
auf den Berg blicken zu können.

Als ich gerade damit begann, mir Gedanken über eine Tal-
abfahrt in der Gondel zu machen, erschien mein Freund Hannes.
Er schlug alle Bedenken des anderen Herrn in den Wind,
beschwor mich, hinter ihm herzufahren und seine Anweisungen
zu befolgen. Obwohl ich versuchte, seinen Ausführungen Folge
zu leisten, blieb es nicht aus, dass ich ihn des öfteren überholte,
um dann mit der gesamten Fläche meines Körpers abzubremsen.
Am Rande blieb mir die Feststellung, zur Belustigung der
restlichen »Fahrgemeinschaft« einiges beizutragen.

Wie dem auch sei, im Nachhinein war es auch für mich ein
schönes Erlebnis wenngleich ich froh war, am späten Nachmittag, befreit von Schi und Schuh, auf ebenerdigem Boden
stehen zu können.

Auf der Rückreise machten wir an einer Gaststube halt und
kehrten ein. Wir setzten uns in einen vorbereiteten Raum und
die Bestellung von Speisen und Getränken war im Gange. An
der Wand stand auf einem Holzregal ein übergroßes Fernseh-
gerät. Der Wirt betrat den Raum begrüßte uns, wünschte einen
schönen Aufenthalt, ging zum Fernseher und schaltete ihn ein.
Es war die Übertragung eines Schisprungwettbewerbes zu
sehen. Kaum war das Gerät eingeschaltet, rief jemand mit mir
bekannter Stimme: »Schalt glei ab, sonscht springt dea morga!«
(Schalt gleich ab, sonst springt der morgen). Dabei zeigte er mit
einem Finger auf mich. Es war mein väterlicher Helfer vom
Vormittag. Da alle anderen lauthals lachten, war mir klar, dass
er ihnen sein Erlebnis mit mir erzählt hatte.

# Mein zweiter Versuch

Nachdem ich meine ersten Fahrversuche auf den Pisten von Ischgl absolviert hatte, empfahl mir mein Kollege Hannes, mich in der kommenden Woche zum dienstlichen Schifahren anzumelden, denn das hätte den Vorteil, dass ich von staatlich anerkannten Schilehrern von Grund auf ausgebildet werde und dies auch noch kostenlos sei. Ich nahm zu dem verantwortlichen der Wintersportausbildung, ein Hauptfeldwebel namens Baumann, Kontakt auf, der mir bestätigte, dass die Schule einmal in der Woche die Möglichkeit bietet, an einem solchen Training teilzunehmen und dies abwechselnd am Dienstag– bzw. Donnerstagnachmittag stattfindet. Ich meldete mich zur nächsten Woche an und begab mich am entsprechenden Tag zur zentralen Haltestelle, wo zum Zwecke des Transports ein großer Bundeswehrbus stand. Wir fuhren nach Gunzesried, einem sehr schönen Schigebiet, das auch weniger anspruchsvolle Pisten beinhaltet und – wie ich später erfuhr – dem Verbund Ofterschwanger Horn angegliedert ist.

Nach Ankunft stieg ich mit den restlichen Teilnehmern aus, meldete mich auf Anfrage als absoluter Anfänger und wurde mit wenigen anderen dem bedauernswerten Ausbilder zugeteilt. Dann begaben wir uns in Gruppen zum Lift und stellten uns, nachdem wir die Karten gelöst hatten, an demselben an.

Es war – und darüber war ich sehr froh – kein Schlepplift sondern eine Gondel, in welche paarweise einzusteigen war. Zwar fiel mir auf, dass alle anderen, die vor oder hinter mir anstanden, ihre Schi mit dem Schuh arretiert hatten, doch ich trug sie senkrecht vor dem Körper, um eventuell auftretenden Problemen beim Einstieg vorzubeugen. Als nur noch wenige Personen vor mir waren, rief mir von hinten mein vermeintlicher Ausbilder zu, ich müsse meine Schi anziehen, dies wäre an allen Anlagen Pflicht. Mit dieser Aufforderung brachte er mich in eine äußerst prekäre Situation. Zunächst musste es mir gelingen, die langen Bretter in kurzer Zeit und ohne Verletzung der Vorder- und Hinterleute auf den Boden zu legen.

Nachdem das geschafft war, rastete ich meine Schuhe in die Bindung ein und verzichtete aus Zeitgründen darauf, die Fangriemen an meinen Unterschenkeln zu befestigen. Gerade noch rechtzeitig wurde ich fertig, trampelte äußerst unsicher mit einem Mitfahrer nach vorn und war froh, den Einstieg gemeistert zu haben.

In der Gondel sitzend hatten meine Schi noch kurze Zeit Bodenkontakt, doch nach wenigen Metern hingen sie frei schwebend in der Luft. Dann fiel mir ein, dass tags zuvor mein Freund Hannes meine Bindung – wie er sagte – »etwas lockerer« eingestellt hat, da er in Ischgl festgestellt habe, dass sich bei meinen unzähligen Stürzen nur hin und wieder die Schi gelöst hätten. Er hatte mich eindringlich aufgefordert, sie gelegentlich bei einem Fachmann ordentlich justieren zu lassen. Aus Sicherheitsgründen hätte er sie »sehr sensibel« eingestellt. Daran erinnerte ich mich. Von nun an war es mein Bestreben, jede Art Bewegung im Fußbereich zu vermeiden wusste ich doch um das Fehlen der Fangriemen.

Mittlerweile waren wir etwa 30 Meter vom Einstieg entfernt, als wir uns der ersten Betonsäule näherten. Ich sah nach oben und erkannte vier Eisenrollen, über welche das Stahlseil geführt wird und wusste zugleich, dass das Passieren der Rollen nicht erschütterungsfrei ablaufen kann, da der Arm der Gondel fest mit dem umlaufenden Stahlseil verbunden war und an der Stelle der Verbindung eine Verdickung existieren muss. Dann kamen diese Unglück bringenden Rollen und mit ihnen vier nacheinander ablaufende Erschütterungen, welche sich von oben nach unten fortpflanzten. Zeitgleich mit dem Ablauf derselben fiel mir auf, dass mein linkes Bein urplötzlich leichter war als das rechte, und ein Blick nach unten gab mir für diese Feststellung die Begründung. Am linken Schuh fehlte der Schi! Wie um Gottes Willen, so fragte ich mich, soll ich mit einem Schi ins Tal fahren, wenn mir das mit deren zwei kaum möglich ist? Doch diese Überlegung sollte sogleich Makulatur werden, denn wir näherten uns der zweiten Säule. Wieder gab es heftige Erschütterungen und das Gewichtsverhältnis an meinen Beinen war wieder ausgeglichen. Ein Blick nach unten - und meine Befürchtung fand volle Bestätigung.

So saß ich nun mit einer lauthals lachenden Begleitung in der Gondel, mit dem Ziel, Schi zu fahren, doch die wichtigsten Utensilien – eben meine Schi – lagen irgendwo im Gelände.

Mit der Zeit gingen mir die Sticheleien und Bemerkungen meines Nachbarn dermaßen auf die Nerven, dass ich den Ausstieg herbei sehnte.

An der vorletzten Säule befand sich ein großes Hinweisschild, welches dazu aufforderte, den Bügel der Gondel zu öffnen. Das taten wir. An der letzten folgte dann eine Anordnung, welche aufs Neue bei meinem Nachbar einen Lachkrampf auslöste. Ein großes mit einem Bild untermaltes Plakat wies darauf hin, dass zum Zwecke eines sicheren Ausstiegs die Schispitzen anzuheben sind. Dies konnte ich mir natürlich ersparen, mein Ausstieg fand in läuferischer Manier statt und erregte bei Umherstehenden verständnislose Beachtung.

Schifahren konnte ich dann irgendwann dennoch. Mein Ausbilder erbarmte sich meiner und brachte mir das Verlorene nach oben.

# FÜNFTES KAPITEL

## Schlechtes Augenmaß

# Die Fahrradrallye

Wie im Juni eines jeden Jahres lag auch 1992 eine Einladung der Unteroffizier-Heim-Gesellschaft (UHG) auf meinem Arbeitstisch. Sie bezog sich auf die alljährliche Fahrradrallye, die mittlerweile für mich und meine – bis dato – zwei Kinder eine gewisse Verpflichtung darstellte, hatten wir doch bisher seit meiner Versetzung nach Sonthofen an jeder teilgenommen.

An dem vorgesehenen Tag begab ich mich mit Rad, einem stabilen Anhänger mit Aluwanne und meinem damals 7jährigen Sohn Andreas, der mit eigenem Fahrrad teilnehmen wollte in die Jägerkaserne, in welcher wie immer der Start erfolgte.

Grob erklärt ging es darum, anhand einer Skizze eine vorgegebene Strecke von circa 20 Kilometern abzufahren und hin und wieder an festgelegten Stationen eine Aufgabe zu bewältigen. Diese waren zum einen für Erwachsene und zum anderen für Kinder ausgelegt. Nach Zielankunft in der Kaserne erfolgte stets ein Abschlussessen mit anschließender Preisverleihung.

An diesem besagten Tag war das Teilnehmerfeld ungewöhnlich groß und das Wetter für eine solche Art Unternehmung geradezu ideal.

Nachdem jeder Teilnehmer die erforderlichen Unterlagen empfangen hatte und die ersten Stationen innerhalb der Kaserne bewältigt waren, machte ich mich mit meinen beiden Kindern und meinem Freund Thomas Kammer nebst Familie auf die Strecke. Markus, mein dreijähriger Sohn, saß im Anhänger und fuhr frohgelaunt und außer Konkurrenz mit. Auch mein Kamerad Thomas hatte einen Anhänger dabei, in welchem er seinen Sohn Thorsten chauffierte. Wir hatten uns diese Gefährte erst vor kurzer Zeit zugelegt und mit ihnen schon etliche gemeinsame Ausflüge unternommen. Mit der Zeit, das wussten wir, würde die frische Luft und das monotone Schaukeln dafür sorgen, dass die Kleinen ein ausgedehntes Schläfchen machen, und so konnten wir Älteren uns der Bewältigung der gestellten Aufgaben widmen.

Wir waren etwa zwei Stunden unterwegs und hatten schon manche Anforderungen erfüllt, als wir uns der »Brotzeit-Station« näherten. Dort war zwar auch eine Aufgabe zu bewältigen, aber wir wussten, danach können wir etwas Rasten und uns mit Würstchen und Brot stärken. Als wir an der Station ankamen, waren die bereitgestellten Bänke außerordentlich gut besetzt und auf einer angrenzenden kleinen Wiese standen die Fahrräder der Anwesenden.

Ich hielt an, stieg vom Rad ab und schob es über die Grünfläche, um meinerseits einen freien Platz zum Abstellen meines Gefährts zu erkunden. Vor mir standen links und rechts in einem Winkel von etwa 45 Grad je zehn bis zwölf Fahrräder, wobei in der Mitte ein akzeptabler Freiraum zur Durchfahrt vorhanden schien. Da keine Abstellmöglichkeit vorhanden war, fasste ich den Entschluss, mein Fahrzeug nebst Anhänger zwischen den parkenden Rädern durchzuschieben, um im rückwärtigen Bereich einen Platz zu erkunden. Zwar fiel mir auf, dass mein Freund Thomas mit seinem Gespann in einem großen Bogen die abgestellten »Vehikel« umkurvte, doch war mir zunächst schleierhaft, warum er das tat. Nachdem ich schiebender Weise mit dem Rad die Engstelle passiert hatte, hielt ich kurz inne, um mit einem Blick nach hinten den Freiraum für meinen Anhänger abzuschätzen. Mir wurde bewusst, dass es meiner ganzen fahrerischen Klasse bedurfte, das Vorhaben zu vollenden, doch angesichts der vielen Zuschauer und natürlich auch, um meinen Freund Thomas zu beschämen, richtete ich meinen Blick nach vorn und schob – mit viel Hoffnung im Herzen – mein Bike weiter. Mit einem Mal vernahm ich beidseitig von hinten ein metallenes Geräusch und spürte sogleich eine Verzögerung des Schiebevorganges, welche ich durch einen kräftigen Schubs nach vorn überwinden wollte. Ab hier ging alles rasend schnell! Über die rechte Schulter nach hinten blickend war zu erkennen, dass das erste der auf der rechten Seite abgestellten Räder eine äußerst instabile Lage hatte und im Begriff war, am daneben stehenden dieselbe herbeizuführen. Innerhalb weniger Sekunden pflanzte sich diese Entwicklung in Form einer Kettenreaktion fort und alsbald lagen mir alle Räder zu Füßen. Da mir so war, als hätte ich dieses schlimme Geräusch in Stereo vernommen, riskierte ich einen Blick nach links und musste feststellen, dass mein Anhänger ganze Arbeit geleistet hatte.

Schon sprangen die Besitzer der zum Teil edlen Gefährte auf, um den angerichteten Schaden zu begutachten. Was mir blieb war, mein tiefstes Bedauern auszudrücken, mich tausendfach zu entschuldigen und den Hinweis zu geben, dass mir so etwas im ganzen Leben noch nicht passiert sei. Dann hatten sich die Gemüter beruhigt, mein Gespann hatte die Engstelle mit zweifelhaftem Erfolg durchfahren und meine Suche nach einem Parkplatz nahm unter dem Gelächter und den Sticheleien meines Freundes seinen Fortgang.

Nach wenigen Metern hatte ich eine geeignete Stelle gefunden, mein Rad stand sicher an einen Nadelbaum angelehnt und meine Verwunderung war groß, dass mein kleiner Sohn Markus trotz des vorangegangenen Lärms in tiefem Schlaf lag. Auf »leisen Sohlen« entfernte ich mich, um mit Andreas, dem die Aktion seines Vaters die Schamesröte ins Gesicht getrieben hatte, die Essensausgabe aufzusuchen. Nach wenigen Schritten vernahmen wir ein weinerliches Geräusch - mein Kleiner war aufgewacht. Wir blieben stehen, lauschten und stellten fest, dass sogleich wieder Ruhe war. Andreas eilte in Richtung »Würstchenstand« voraus und nachdem kein Laut mehr zu vernehmen war, setzte auch ich meinen Weg fort. Genau in dem Moment, als ich mich in der engen Schikane der wieder aufgerichteten Zweiräder befand, meinte ich, das Geräusch eines jammernden Kindes zu vernehmen. Ich blieb stehen, lauschte und vollzog – um meinen Blick auf den Anhänger zu richten – aus dem Stand eine Linksdrehung von 180 Grad. Mir war nicht bewusst, dass dieser einfache Vorgang den Beginn einer zweiten Katastrophe bedeuten sollte. Meine schwungvolle Drehung bewirkte ein leichtes Touchieren des in Blickrichtung nun links stehenden Fahrrades der bedauernswerten Teilnehmergruppe mittels meines Rucksackes. Erschrocken richtete sich mein Blick auf das kippende Gefährt und in mir keimte der Wunsch, alle Reflexe meines Körpers zu mobilisieren, erneut drohendes Unheil abzuwenden.

Blitzartig stießen meine Hände nach der Seite und hielten den wackelnden »Drahtesel« an Lenker und Sattel fest. Dennoch musste ich tatenlos zusehen, wie das nachfolgende Rad sich mehr und mehr in Schräglage begab und im Begriff war, beim übernächsten den Beginn einer erneuten Kettenreaktion auszulösen. Nun legte ich alle turnerischen Fähigkeiten in die Waagschale, hielt das erste Rad nach wie vor am Sattel fest, während meine rechte Hand weiter nach vorn schnellte, um die Situation zu entschärfen. In dem Moment, wo ich mich zum besagten Zweck nach vorn beugte, verspürte ich an meinem Gesäß den kurzen aber kräftigen Druck eines Lenkergriffes und vernahm sogleich hinter mir das Geräusch, welches ich durch mein beherztes Eingreifen vor mir verhindern wollte. Aber auch hier war nichts mehr zu retten! Wie zuvor türmten sich beidseitig die metallenen Rahmen über- und ineinander und wie zuvor sprangen die Geschädigten unter verbalem Geschimpfe auf, beseitigten mein angerichtetes Chaos und machten sich mit verächtlichen Blicken auf und davon.

In kürzester Zeit war es mir gelungen, eine gemütliche Runde zu sprengen und eine Aufbruchstimmung zu schaffen. Zwar lag es mir am Herzen, mich für mein Fehlverhalten zu entschuldigen, doch stießen diesbezügliche Äußerungen auf taube Ohren.

So hatten wir – mein Freund Thomas und ich nebst Anhang – überreichlich Platz, uns Würstchen und Brot schmecken zu lassen. Meinerseits hätte ich an dieser Station am liebsten die Rallye abgebrochen, um der späteren Konfrontation mit den Betroffenen zu entgehen. Wie ich am Ziel jedoch feststellen konnte, hatten sich die Gemüter beruhigt und nach einer gewissen Zeit gelang es mir, wieder ehemalige Kontakte zu knüpfen.

# Kein Eintrag

An einem Tag im Frühjahr 1998 saß ich am Morgen während der Frühstückspause an meinem Arbeitstisch und laß die Tageszeitung. Mein Kollege Herr Rapp, welcher an seinem Tisch hinter mir saß und wie immer darauf wartete, einen von mir gelesenen Zeitungsteil zu erhaschen, sprach mich über meine Schulter blickend an und fragte, ob ich schon einmal bei einem Augenarzt gewesen sei. Ich verneinte seinen Einwand, sah ihn an und fragte meinerseits, was er damit sagen wolle. »Nun«, so sprach er, »mir fällt seit geraumer Zeit auf, dass du nur auf große Distanz lesen kannst, und ich weiß, dass es so bei mir auch angefangen hat.« »Was hat bei dir so angefangen?« wollte ich wissen, worauf er mir riet, einen Augenarzt auf-zusuchen, dann wüsste ich, was er meine.

Wie so viele Ratschläge, die man mir in meinem bisherigen Leben gab, schlug ich auch diese zunächst »in den Wind« und las meine Zeitung aus kürzerer Distanz weiter, um meinem Kollegen »den Wind aus den Segeln« zu nehmen. So war es mir zwar nur möglich, die fettgedruckten Überschriften der einzelnen Artikel zu entschlüsseln, aber die Genugtuung »es ihm gezeigt zu haben«, wog alles wieder auf.

Einige Tage später saßen wir alle (acht Ausbilder) am Nachmittag um 15 Uhr in unserem Pausenraum und tranken Kaffee. Wie so oft kam auch unser Chef, Oberstleutnant Ellenberg, und setzte sich zu uns. Er hatte irgend eine schriftliche Mitteilung für mich und überreichte sie mir mit dem Hinweis »Durchlesen!« Ich tat wie angeordnet, hatte kaum mit dem Lesen begonnen, als er mich mit der furchtbaren Frage »Waren sie schon einmal beim Augenarzt?« quälte. Dies war natürlich Hafer in der Mühle des Herrn Rapp, welcher laut jubilierte: »Das habe ich ihn vor ein paar Tagen auch schon gefragt, aber er wollte mir nicht glauben, dass er schlecht sieht.« Ich spielte das Gesagte herunter und erklärte, dass ein Adler mir gegenüber blind sei und dass meine Sinnesorgane wie die eines Zwanzigjährigen funktionierten. Es folgten einige Bemerkungen seitens der Anwesenden, dann war Ruhe und wir verließen den Raum.

Es vergingen einige Wochen, bis ein Schreiben, welches wir zu lesen und zu unterschreiben hatten, »die Runde« machte. In ihm wurde mitgeteilt, dass alle zivilen Mitarbeiter, welche in einer gekennzeichneten Lärmschutzzone Arbeit verrichten, sich an einem genannten Tag zu vorgegebener Zeit in der General-Oberst-Beck-Kaserne einfinden sollen, um sich bei der Arbeitsmedizinerin Frau Dr. Schöller einem Gehörtest zu unterziehen.

Am besagten Tag, zur angegebenen Stunde, fanden wir Betroffenen uns ein und als mein Aufruf erfolgte, betrat ich den Raum und ließ den Test über mich ergehen. Während der Untersuchung, wo Töne in verschiedenen Frequenzen frühestmöglich zu erkennen waren, fiel mir auf, dass auf dem Tisch ein optisches Meßgerät stand, mit dessen Hilfe man die Sehfähigkeit prüfen lassen kann. Ich erinnerte mich an die Bemerkungen meiner geschätzten Kollegen und stellte an Frau Dr. Schöller die Frage, ob es ihr möglich wäre, meine Augen bezüglich der Sehkraft zu überprüfen. Sie bejahte, fügte jedoch hinzu, dies nur in grober Form tätigen zu können und gegebenenfalls genauere Untersuchungen beim Facharzt durchgeführt werden müssten. Sie machte ihre Apparatur fertig und sagte: »Wenn Sie da durchschauen (dabei zeigte sie auf das Okular), sehen sie von oben nach unten drei Kreise. Der obere ist in seinem Durchmesser sehr groß, der mittlere etwas kleiner und der unterste am kleinsten. Die Kreise haben an unterschiedlichen Stellen Unterbrechungen und Sie sagen mir bitte, wo diese Lücken sind. Wir fangen ganz oben bei dem großen an.« Ich schaute durch die Vorrichtung auf den oberen Kreis und fragte: »Welche Unterbrechungen?«, worauf sie mir erklärte, dass wir in diesem Fall gar nicht weitermachen brauchen und ich einen Facharzt aufsuchen soll.

Einige Tage später entschloss ich mich schweren Herzens, zum Augenarzt zu gehen. Er stellte den entsprechenden Dioptrienwert fest und erklärte, dass er mir eine »Nahbrille« verschreiben würde. Mit dem Rezept verließ ich die Praxis, machte mich auf den Weg zum Optiker, legte das Rezept vor und wurde sogleich von dem freundlichen Herrn hinter der Kasse ein Stockwerk höher begleitet, wo er mich einer blonden, phantastisch aussehenden und Brille tragenden jungen Dame vorstellte. Sie bot mir einen Platz an einem kleinen runden Tisch an, setzte sich zu mir und nahm meine Personalien im Computer auf. Dann zeigte sie mir verschiedene Brillengestelle, erklärte mit unbeschreiblichem Charme die Vorzüge einzelner Gläser und ich ließ mir ungeachtet meiner vorherigen Preisvorstellung (Kassenmodell) eine Sehhilfe in gehobener Preisklasse einreden. Als die Wahl getroffen war, teilte mir die Dame mit, dass meine Brille etwa Mitte August abgeholt werden kann. Da dieser Termin meiner Urlaubsplanung entgegenstand, einigten wir uns auf Anfang September und eine telefonische Benachrichtigung seitens ihres Hauses. Nachdem ich meinen Urlaub verbracht und meine Arbeit wieder aufgenommen hatte, wurde es Mitte September, bis mir meine Frau an einem Abend mitteilte, der Optiker hätte angerufen, die Brille könnte abgeholt werden.

Tags darauf machte ich mich am Morgen gegen neun Uhr auf den Weg und parkte mein Auto in der Nähe der Fußgängerzone dort, wo sich meines Wissens der Optikermarkt befand. Zielgerichtet steuerte ich meinem vermeintlichen Ziel zu und betrat das Haus. Hinter der Kasse stand ein junger, gut gekleideter Mann und andere Angestellte waren an verschiedenen Orten dabei, Kunden zu beraten. Ich grüßte freundlich, der Herr sah mich an, erwiderte meinen Gruß und fragte mich nach meinem Begehren. Ich verwies auf den Anruf bei meiner Frau und ich käme, um meine Brille abzuholen. Er fragte mich nach meinen Personalien und gab dieselben in den Computer ein. Auf dem Bildschirm erschien als Ergebnis der Eingabe »Kein Eintrag«, worauf er die Eingabe wiederholte und wir als Ergebnis erneut »Kein Eintrag« lasen. Er bedauerte die Verzögerung und versicherte mir, dass so etwas noch nie vorgekommen sei und er auf etwas Geduld meinerseits hoffe. Ich wiegelte ab, verwies auf die Problematik, welche das Computerzeitalter mit sich bringt und auf die gute alte Handarbeit und zeigte volles Verständnis.

In eine Richtung blickend, wo mehrere Menschen zusammenstanden und miteinander sprachen, rief er einen weiblichen

Namen, worauf eine junge Frau zu uns kam. Er beschrieb ihr das Problem und fragte, ob denn sie bei meiner Frau angerufen hätte oder wisse, wer es tat. Die Frau war völlig ahnungslos, begab sich zum Computer, gab meine Personalien ein und auf dem Bildschirm erschien »Kein Eintrag«. Ich spürte, dass es dem Personal zusehends peinlich wurde, mich nicht kundengerecht bedienen zu können, worauf ich mein Beispiel mit der guten alten Handarbeit wieder ins Spiel brachte und dabei versuchte, beruhigend einzuwirken. Eine dritte Person wurde bemüht, ebenfalls eine junge Frau, die sich an der Kasse einfand. Es wurde aufgeregt debattiert, analysiert, Möglichkeiten von Fehlern erörtert und schließlich wiederholten sie die Eingabe meiner Personalien. Auf dem Bildschirm erschien »Kein Eintrag«. Als dann noch eine vierte Person auf Zuruf zu uns kam, war ich der einzige Kunde, der noch bedient wurde. Die restliche Kundschaft bildete einen ungeordneten Halbkreis und verfolgte das Geschehen. Dann kam die Frage des einzigen männlichen Mitglieds der »Kommission« an mich, ob mir denn einfiele, wer mich damals bedient habe, worauf ich die Frau, welche mir aufgrund ihres außergewöhnlich guten Aussehens in bester Erinnerung war, in allen Details beschrieb. Alle schauten sich an und überlegten angestrengt, auf wen meine Beschreibung zutreffen könnte. Ich wollte etwas nachhelfen und erklärte, dass wir damals eine Treppe hoch gegangen seien und an einem runden Tisch gesessen hätten. »Welche Treppe?« fragte der junge Mann, worauf ich in die vermeintlich Richtung blickte und in etwa fünf Meter Entfernung nur eine kleine Dekorationsstufe erkennen konnte. »Wir haben hier keine Treppe, entschuldigen Sie, sind Sie sicher, dass Sie auch wirklich bei uns waren?« fragte er und fügte hinzu, nebenan sei noch ein weiteres Geschäft dieser Art, nämlich »Optik Matt«, und mir war klar, ich bin im falschen Haus.

Mein einziges Bestreben war, ruhig zu bleiben und mir keine Blöße zu geben, zeigte auf die Stufe und erklärte, wir seien damals dort hochgestiegen, worauf er verwundert meinte, was wir denn da gesucht hätten. Viel später sah ich bei einem Spaziergang, dass dort Ferngläser in vielfältiger Art präsentiert wurden und konnte im Nachhinein seine Verwunderung vollends verstehen.

Nach wie vor war die gesamte Kapazität der Firma bestrebt, Licht ins Dunkel zu bringen, wobei es mir mehr und mehr unerträglich wurde, sie zu bemühen, war mir doch bewusst, bei wem der Irrtum lag. Mein Ziel war einzig und allein, ungeschollten und ohne weiteres Aufsehen »davonzukommen« und irgendwie musste es mir gelingen, den Geschäftsraum in Würde zu verlassen. Also täuschte ich eine plötzliche Eingebung vor und untermauerte diese, indem ich mir mit der rechten Hand leicht gegen die Stirn klopfte und erklärte, die junge Dame hätte mir eine Visitenkarte überreicht, sie läge in meinem Auto und ich könnte sie ja schnell holen.

Mein Vorschlag wurde einstimmig angenommen und ich verließ, von Äußerungen des Bedauerns seitens der Angestellten begleitet, den Verkaufsraum.

In dem Bewusstsein beobachtet zu werden, führte mein Weg in die entgegengesetzte Richtung, in welcher sich das andere Geschäft befand. In einem großen Bogen umkurvte ich das Haus und schlich unter Ausnutzung vorhandener Deckung in den Verkaufsraum von »Optik Matt«. Dort dauerte es nur wenige Minuten und mir wurde meine neue Brille in einem hübschen Etui überreicht.

## Schlussbetrachtung

Die in dem vorliegenden Buch erzählten Geschichten beruhen
uneingeschränkt auf tatsächlichen Ereignissen, welche durch
Zeitzeugen belegt werden können.
Der Verfasser war bemüht, die Geschehnisse nach bestem
Wissen und Gewissen wiederzugeben, sie weder zu
dramatisieren noch zu sänftigen.
Sie sollen den verehrten Leser unterhalten und belustigen und
denen, die glauben, vom Schicksal benachteiligt zu sein,
frischen Mut und neue Zuversicht verleihen.
Da ich nun seit einiger Zeit im Besitz einer Brille bin, bleibt mir
die Hoffnung, mit ungetrübtem Blick meine Zukunft neu zu
gestalten und auf die meiner Mitmenschen weniger Einfluss zu
nehmen.


Der Verfasser